郁金香书系

和我作长夜谈的人

赵荺 著

南京师范大学出版社

图书在版编目(CIP)数据

和我作长夜谈的人 / 赵蘅著. —— 南京:南京师范大学出版社,2017.2
(郁金香书系)
ISBN 978-7-5651-3082-3

Ⅰ.①和… Ⅱ.①赵… Ⅲ.①散文集-中国-当代 Ⅳ.①I267

中国版本图书馆 CIP 数据核字(2016)第 312272 号

书　　名	和我作长夜谈的人
作　　者	赵　蘅
责任编辑	王欲祥
出版发行	南京师范大学出版社
地　　址	江苏省南京市宁海路 122 号(邮编:210097)
电　　话	(025)83598919(传真)　83598412(营销部)
	83598297(邮购部)
网　　址	http://www.njnup.com
电子信箱	nspzbb@163.com
照　　排	南京理工大学资产经营有限公司
印　　刷	江苏凤凰扬州鑫华印刷有限公司
开　　本	850 毫米×1168 毫米　1/32
印　　张	8.375
字　　数	178 千
版　　次	2017 年 2 月第 1 版　2017 年 2 月第 1 次印刷
书　　号	ISBN 978-7-5651-3082-3
定　　价	24.00 元

出 版 人　彭志斌

南京师大版图书若有印装问题请与销售商调换
版权所有　侵犯必究

爸爸走了,改叫妈妈的小院

爸爸临终前赶上国民买公房,他的教龄长,一万元人民币就拿到了我家第一份房产证。这三层楼房位于南京鼓楼二条巷附近,现在邮政写北京西路也没错。楼房始建于上个世纪六十年代初,一九六五年完工,用作南京大学教师宿舍。我妈不能接受住了十二年的陶谷新村21号涨房价,当然还有别的不愉快原因,她向校方申请搬家得以批准。我家在甲楼2号一层,使用面积不过七十五平米的三室单元,因配有一个小院子突显优势。爸喜爱花花草草,他亲自种下了夹竹桃和石榴树。前者后来被砍掉了,石榴树始终屹立在小院里,树越长越高,恰好给妈妈卧房的窗子做了绝好的屏障。

在这里爸爸妈妈度过了难熬的十年浩劫,随着正常生活恢复,渐入暮年却焕发出新的光和热。相依为命又过了三十三年。多少亲朋好友和陌生人进进出出这里已数不清了,留连往返的不少,来过从此消失的也不少。熟人司空见惯的小院从没被"命名",直到二〇〇六年我画下一幅画,一幅石榴树叶落满地的彩铅画,视角从屋里往外延伸,直到绿色的铁栅栏门。印画片时我给它起名叫"妈妈的小院"。这一年,爸爸走了七年。石榴树下早没了爸爸做操的身影……

我是一个从小用心体察多于说话的女儿,又是我们这个家第一个走出家门的孩子。无论走了多远,从少年、青年、中年直到自己也老了,对爸爸妈妈的眷恋从未减弱。他们从那样年轻的样子,一年一年衰弱,时光就这样无情地飞快流逝,我想拽也拽不回来!这一点上天对每个人都是公平的。我唯一能做的,唯一可以和时光抗衡的是我紧握的这支拙笔,它是上天赐予我这个一向被嘲作愚笨小孩的恩惠,更是爸爸妈妈的生命注入我血脉的结果。

本书记录的便是爸爸妈妈的故事,爸爸妈妈和孩子的故事。

"妈妈的小院"是爸爸妈妈最后的居所。当一九四〇年八月他们俩在昆明凤翥街有了第一个住地开始,这个姓赵的"年轻诗人"和姓杨的西南联大女生,在"八·一三"抗战纪念日组建的文人家庭开始了跋涉、奋斗、欢乐与忧思,和其他中国人一样平常,又非凡。

二〇一六年十一月三十日北京子夜

妈妈的小院(彩铅)

目 录

爸爸走了,改叫妈妈的小院 / 1

父亲篇
除夕趣谈 / 3
悠悠往事过香港 / 6
《离乱弦歌忆旧游》后记 / 9
《红与黑》的第一个中译本 / 14
替爸爸"梦回柏溪" / 25

谁配戴毛主席像章? / 31
农场归来 / 35
"假洋鬼子"和"放洋屁" / 40

送父亲回故乡 / 47
父亲的遗憾 / 51
别样的红 / 54
寄往天国的书讯 / 57
最后的书桌 / 65

爸爸手稿的意外发现之一 / 76

爸爸手稿的意外发现之二 / 81

爸爸手稿的意外发现之三 / 84

书生读吧访谈
　——我们不能选择父亲 / 88

《温州日报》访谈:父亲的影响 / 92

童年家书归还记 / 96

和我通长信的人 / 116

附录:父女信札 / 119

母亲篇

听妈讲那可怜的小绿蚕 / 147

十六岁的福音 / 151

"已故少女" / 155

学号 N.2214 的西南联大女生 / 160

落　生 / 178

沪上行 / 182

寻访呼啸山庄 / 188

《呼啸山庄》少年读本诞生记 / 209

母亲旧诗归还记 / 218

剧迷在我家 / 224

在病房里 / 230

我们相信爱情 / 233

包　裹 / 236

好玩的事 / 239

和我作长夜谈的人
　　——妈妈 / 244

后　记 / 253

父亲篇

接过这沉甸甸的纸袋,就像拾回我们姐弟仨那些早已远去的岁月。

我们姐弟仨多希望"可爱的书桌"的稿纸和书本永远摊开,等着它们的主人回来继续伏案工作,像以往的每一天那样。

爸爸在灯下写作(粉彩),画于 1998 年 9 月

除夕趣谈

我的祖父祖母住在离我家南京很远的温州,过去两地不通火车,要先到上海搭乘轮船出东海。一九三八年父亲离家求学,二十四年后他从南京回故乡,就是这么走的。南京至温州的直达车直到一九九八年才开通,父亲激动地逢人便讲,早早拟好行程计划,打算在第二年春暖花开时去搭乘。

新的一年来了,父亲也如愿坐上了直通快车,却是被装进一只木匣子里去的。

我从没见过祖父祖母。一九四二年在逃难的途中,他们吃了不洁食物死于霍乱病。报丧信寄到重庆我父亲的手里,先是祖父的,紧接着是祖母的。一九九九年我到瓯江送父亲的骨灰,那天淋着雨站在施水寮繁华的街头,祖父祖母住过的12号被拆卖成银桥大楼,一楼辟为储蓄所。原是二层老式木楼的样子,我只能凭想象了。陪我的堂妹赵淑青说,木楼有三百平方米,你父亲出生在楼下,共七间房,他住在第三间。

父亲在世的时候,一次在南京家里过年,吃罢年夜饭,母亲走开了。我们儿孙辈留下,非磨他再讲讲他儿时的趣事,那些听了无数遍却百听不厌的,从父亲带点结巴的嘴里再吐一遍就是好玩。一件是他误吞下一个铜钱,情急中祖母用手指从父亲的喉咙管里挖了出来。说到这儿,父亲用拇指和食指圈成圆形吓我们:"这,这么大的呢!"另一场祸是在中学上天文课时,观星斗的晒台塌了,父亲摔进了池塘,别处没伤,却把睾丸戳了。那是上个世纪八十年代,谁提有关生殖类的词儿都会不好意思。大家都忍俊不禁,甚至默默后怕:差点就没有我们了……

父亲又比画一遍圆。

被缝衣针扎了屁股蛋是第三桩,我才了解温州人过年讲究做新衣的习俗。想当初穿开裆裤的父亲,被摆在花花绿绿锦绣堆里,女人们的叽叽喳喳声淹没了他的哭。

读过私塾的祖父名叫赵承孝,字八铭,通古文,会写端秀的正楷,开始是个茶叶店管账先生,并品尝茶叶。后来拥有了自己一个像林家铺子那样的小店,祖父便是"林老板"。识字不多的祖母林蘩能背诵唐诗,我从不知道他们的婚姻是否凭媒妁之言,只了解她生下的三男三女,都多少有诗画造诣,算是个商文融合的殷实人家。要说家里只有一件在日后看来有点风光的事,便是我二伯父赵瑞雯存有一本被朱自清先生用红笔批阅过的作文[①],让后来这家人中最有

[①] 朱自清曾于一九二三年至一九二四年应邀在温州十中任国文教员。十中后改名为温州中学。

出息的父亲羡慕不已。一次去北京潘家园淘古董,买到了赵氏姓谱,追根溯源,竟可以连到宋朝皇帝,还有堂号"天水"。不管是真是假,我喜欢先祖在西北,虽然,我从未去麦积山石窟看过壁画。再次想象千年前,姓赵的部落迁徙秦岭以南的辽阔土地,一部分在永嘉一带落脚并繁衍下去。

要知道,中国有火车——詹天佑修出第一条京汉铁路,还至少要到十九世纪。

母亲十九岁时不会想到,她这辈子命中注定,要邂逅一个姓赵的温州青年诗人,并且无法选择地做了她的三个孩子的父亲。

假如当初她不离开天津,那又会怎样……

(写于二〇〇五年,二〇一六年校订)

爸爸出生地温州施水寮旧址

悠悠往事过香港

在我家的香港往事画面里，第一位进入的是一个清秀的戴眼镜男生的身影，他便是我后来的父亲赵瑞蕻。一九三八年二月，国立长沙临时大学的师生们从即将沦陷的长沙城撤出，临时大学是由清华、北大、南开三所北方名校组成，父亲是从山东大学闻讯赶去注册插班的。师生们曾在南岳山聚集，坚持了八十天直到战火逼近，再度奉命西迁。父亲在回忆文章里这样描写："穿着乱七八糟的衣裳，带着铺盖卷儿和一些书本讲义、笔记本。衣襟上仍染着旅途上的尘泥……""从广州沙面乘电船渡过珠江上岸"，在岭南大学里，"用稻草铺的冰冷的水泥上"，"席地而坐、而卧，仍然坚持着看书学习，或引吭高唱抗日救亡歌曲……"

父亲继续写道："船到香港是清早，天蒙蒙亮，飘着细雨。我在船舷甲板上只见维多利亚港南岸是一片灰溜溜的楼房，有三四层高；每个窗口和阳台都挂满了各种破旧的衣物，迎着冷风飘荡……岸边尽是一只只木船、驳船、小舢船；

那些船上住着一户户人家。"

父亲是个书迷,曾在香港走进几家书店,见到许多外国文学名著原版本自然眼馋,"但是我们穷学生哪里买得起?"

和父亲一样,母亲离港后,也绕道越南海防,于八月到达昆明。双亲均在西南联大外文系就读,在日军的狂轰滥炸下,向中外第一流的学者学习文化精髓,这是他们一生最刻骨铭心的一段经历,作为女儿,我引为自豪!

时过境迁,去过香港的长辈感受都不同。有趣的是,母亲显得轻松,可以说出好多好玩的见闻,而父亲却长期存有屈辱感。他在晚年几次给学生讲课,都会提到外国殖民统治下的压抑心情。一次我也去听,父亲说他见过香港街上缠着红头巾的印度巡捕以及骑马巡逻的英国大兵,和上海的十里洋场一样。他特别形容恒生银行门口的两只石狮子像张开血盆大口,还用手比画着,惹得在场学生都哄堂大笑。父亲比谁都盼望香港回归,终于在他生命最后的两年前见到了那庄严的一刻。

上个世纪八十年代,父亲应香港中文大学英文系和比较文学研究中心之邀,曾四次赴港。重返跨越近半个世纪的故地,特别是十年浩劫后的大陆和自由之港的强烈反差,令他慨叹不已。父亲喜好在家书里细致描述见闻,赞扬之余,又忍不住要对"花花绿绿"的世界心存有恐惧,托他带回一架相机过海关都紧张得不得了。父亲第一次从香港归来,在我们家是件大事,我妈和我们姐弟约好到上海接他,那是趟夜车,月台的灯光下,激动的父亲满面红光。第二天我们一起去给巴金祝寿,香港朋友捎来的大红烛点亮在客厅里,电视里陈阿姨(萧珊)生前的笑容让老寿星久久凝视。

父亲的香港之行,也给我家带来一股新鲜的文学春风。此后,香港的报刊杂志源源不断寄来,除了双亲,连我也算上,成了香港各报刊,特别是《香港文学》和《大公报》的热心笔者。父亲的一百余首随想诗作、母亲的长篇散文《坚强的人》至今有影响。我写的小说《洋画片》(《香港文学》三十四期)、《谁是胜利者》(《星岛报》一九九一年一月十日),还有油画《桥头》,曾作为香港中国油画展的代表作品刊登在《大公报》上,它们永远是我创作佳绩的记录。

(二〇一六年十二月修订)

《离乱弦歌忆旧游》后记

《离乱弦歌忆旧游》是父亲生前最后一本书,再版时正值他老人家去世九周年。原书长达三十五万字,首版的责任编辑徐坚忠做事极为细致,也很耐心,因为这年逾八旬的作者老写不完,文章添了又添。奇怪的是老少二人从未见过面,来往书信却有一大沓。直到有一天,年轻的编辑从上海赶到南京时,已成诀别。

一九九九年大年三十的凌晨,我在北京被小弟赵苏的电话铃声惊醒,我不能相信十个小时前还和我在电话里聊天,叮嘱我好好写作的父亲,就这么快被病魔夺走了!父亲在乎过年,在乎跨越新世纪,在乎看到香港、澳门回归祖国。并不迷信的他,甚至要老天保佑他多活几年,好让他再完成六本书。遗憾的是,这都没能如愿,他没等到最后一部呕心沥血之作出版,有人说他是活活写死的!

我给父亲的书写后记,这是母亲的主意。父亲走后,她说"你父亲的事都由你来管",莫大的信任之外又带来了压力。这压力主要来自父亲这一代人所经历过的历史,虽沉甸甸的却已远离今天的社会,属于即将或者已经被许多国民遗忘了的领域。我很想去追回,去挽救,却感到力不从心了。

感谢湖北人民出版社和刘硕良先生的厚爱,在市场化严重倾斜的大环境里,还对中国老一代知识分子抱有敬重之情。特别是责任编辑吴超,他提出西南联大七十周年,要给西南联大毕业的学者们重新出书,他如此年轻,能为此类书的出版如此热心,令我感动。

十二月十三日上午,吴超捧来半尺高的书稿,命我四天内全部校好并写完后记。"今天是南京大屠杀七十周年纪念日!"我脱口而出。

我看了整整两天,忘情地流着泪,跟着父亲又回到七十年前民族危亡的关头,每个中国青年都面临着生死和命运的残酷抉择。原来想用过去写的纪念文章充当这篇后记,才发现它们远远不能表达这本著作的意义,以及带给我内心巨大的震撼。

原来,在那么多年的日子里,已逾古稀之年的父亲一直在默默地回忆并书写着这部他所亲历过的西南联大的历史。反复写,不厌其烦地写,趴在书桌上奋笔疾书,写啊,写啊,他的白发长年辉映在那盏橙罩绿柱的台灯光晕下。曾经是我们姐弟司空见惯的父亲背脊上的汗粒,被江南的湿冷冻裂了的手指,竟是这些用心血浇灌出的文字的代价!

我痛悔没能在他生前常去看他,多帮他一把。早点学会电脑,给他打打字,哪怕扇扇扇子,递上一杯热茶,而不是让他用客气的口吻说："小妹,麻烦你,水开了,去灌暖瓶。"

此刻,我仿佛看见一个二十二岁面容清秀的温州青年,从家乡投奔到湖南南岳山。在战火逼近之时,又随国立长沙临时大学师生西迁春城,开始了"五千年历史上空前的知识分子大迁移"。三百人徒步三千五百多里登上云贵高原,父亲他们走的是车路和水路。

我仿佛还听见雨打铁皮屋顶发出的叮咚声,秋风吹破纸糊窗户的声响。昆明联大教室里座无虚席,外文系才俊们正跟着教授大声念惠特曼的《草叶集》,也许是莎翁的十四行诗,或是但丁尼生的诗句。其中一个极用功的姓赵的男生,如饥似渴地学了英文、法文和意文。大家都爱叫他"年轻的诗人"。一边是敌机的狂轰滥炸,一边是在"抗战必胜"的信念激励下,写诗、翻译、做数学题,同学之间不分彼此,可以为学术争得面红耳赤。以"刚毅坚卓"(西南联大校训)的精神,"从一九三七年八月至一九四六年九月,共计八年十一个月,以学年计算正好九个学年"。就这样,中国文化精英的火种,在"联大人"的手中传递着、燃烧着,并保存下来。史实证明,当年北方学府的迁徙和故宫国宝得以安全转移的奇迹,是靠百万将士的浴血奋战换来的!

我尚无法查证西南联大的学子健在的还有几位,单是"南湖诗社"转成"高原文艺社"的成员,恐怕只剩下我母亲和周定一老先生了[①]。前两年去拜访他,他还精神矍铄地谈起西南联大,他和我父亲手里都各自保存着一张"南湖诗社"的老照片,同样在照片背后仔细写上同窗诗友的名字。

---

① 周定一先生二〇一六年病逝于北京,享年一百零三岁。

九十岁高龄的老人还能辨认昔日一张张年轻面孔:林振述、刘兆吉、赵瑞蕻和他自己……我能懂,那是他一生中最幸福的时光!可悲的是,在后来的"文革"等政治劫难中,一批西南联大的学者遭遇摧残,其中有吴宓先生和梁宗岱先生。"南湖诗社"的旷世奇才、著名诗人穆旦,蒙冤去世时还不到五十八岁。

原"冬青诗社"的杜运燮和罗寄一(江瑞熙)也先后作古,在杜运燮参与编选的《西南联大现代诗抄》中他写道:"如果有人问我,像一些记者最爱提的那个问题:你一生印象最深、最有意义的经历是什么?我会随口用四个字回答:西南联大。我想,其他许多'联大人'也会这样认为的。"

父亲的《离乱弦歌忆旧游》告诉了读者这是为什么!

我们姐弟仨也从小听惯了"西南联大"四个字,有幸受到西南联大继承下来的"爱的教育"。今天比任何时候更为自己的双亲曾经是西南联大的学生而感到自豪,正因为这两个"爱书之人"走到了一起,才会有我们亲爱的一家人。我深信我们的孩子们,也永远不会忘记爷爷、奶奶、外公、外婆的这份光荣!

"爱的教育",最重要的是一个人要学会感恩。没有哪一个学生,能像父亲对自己的老师这样知恩!暮年之际,在他的许多篇文章里,详细地回述了他从小学到中学,再到大学,每位老师教过什么,是用哪本教材,选过哪一名篇,甚至这些老师上课时的谈吐、手势和神情,他都记得真真切切。他用诗人特有的敏感,画一般的视觉,带领我们回到蒙自、昆明、柏溪,展现出那些战乱中竟能存活下来的鸟语花香并洋溢着青春自由气息的"世外桃源"。瞧!繁忙的梅贻琦

"穿着深灰色的长袍走来走去",叶公超"衔着烟斗","爱穿米色风衣","胖胖的"柳无忌"神采奕奕",瘦长的英国现代诗人威廉·燕卜荪的"蓝灰色的眸子"和"红通通的高鼻子",而闻一多的"炯炯目光",沈从文的"和蔼笑容","笑眯眯"的吴宓"有时幽默",冯至"身材魁梧","声音洪亮",钱锺书"完全用英文讲课","滔滔不绝"……

谁想要了解这些极有学问的名师们在抗战时期真实的模样儿,那就请到我父亲的书里去看吧!

父亲走了九个年头。一定早在天那边见到了奠定他人生理想和东西方优秀文化启蒙的先生们,包括中学老师陈逸人、王季思和夏天翼先生。

(二〇〇七年十二月岁末于寒冷的北京,二〇一五年五月修改,二〇一六年校订)

《红与黑》的第一个中译本

周末第一天,早退了休的我也不会觉得有一点儿放松。今天我急于打开网络不为别的,我目的很明确,是要寻找一部名著引进中国大陆的渊源。这部震惊世界的书与我家也渊源久矣,在我的想象中,至少是幻想中,这一领域会有我亲爱的父亲的名字——赵瑞蕻。但是搜遍一个又一个有关页面,见到一位又一位耳熟能详的前辈大名,上世纪五十年代、六十年代,直至九十年代还在开译的至少八九位译者里,都没有他的影儿。只是查到后来,在一位父亲同行的问答文章里,提到父亲对他译风的批评。原来这其中还有观点如此对立的大争论啊,我自然会倾向于父亲,也认为在交代《红与黑》中美貌可怜的德·雷纳尔市长夫人的结局时,"她死了"三字比"魂归离恨天"反而更有力量。本文中还提到"已故",大概便是指骤逝于一九九九年大年夜的父亲了。

一九四三年春,在四川嘉陵江东畔,一个叫柏溪的幽静而寂寞的小山村里,我的父亲赵瑞蕻开始了和法国小说家斯丹达尔(Stendhal)的名作《红与黑》漫长的对话。

那是一个中华民族遭受外敌蹂躏的年代。父亲和大批爱国青年学生于抗战初期毅然告别了故里亲人,冒着战争的硝烟,辗转数千里进入云贵高原求学。这就是后来被世界公认为治学奇迹、精英荟萃的西南联合大学。一九四〇年夏父亲从联大外文系毕业了。他先留在昆明英专等校教书,第二年冬天离开去重庆和我母亲及初生的姐姐团聚。一天,在父亲任教的南开中学里,他偶遇联大老师柳无忌先生,得知中大分校急需教员,柳先生当即推荐他结识了范存忠先生。时任中央大学外文系主任的范先生不拘一格选贤纳才,不满二十七岁的父亲从此走上了大学讲坛。

分校设在柏溪。五十六年后,已逾八十高龄的父亲写下了《梦回柏溪》。我惊诧他如此好记性,能将半个多世纪前的青春往事娓娓道来。文章细腻而充满深情,在他的描述下,我仿佛也来到了嘉陵江上的渡口,眼前有只只篷船和流汗的纤夫。那时江水还是碧蓝的,穿着棉袍的父亲,夹着书籍和简陋的铺盖卷兴冲冲赶去报到。他乘船沿江北上,约二十里路程,靠岸后,再踏上一条弯弯曲曲的石板路进山,那路的尽头便是校址了。父亲住在地势最高的教师第五宿舍,可以"远眺江上风帆,和隔岸山色",附近是"幽径,竹林,三月里油菜花香四溢"。国难中竟有这样宁静的治学环境,虽艰苦也觉欣慰。父亲一待就是四年。今天若不是有幸读到父亲生前写的回忆,我哪里能懂得,贯穿他一生的抗战情结竟如此激昂,他们那代人的学问精深丰厚又来自何方?

柏溪成了父亲实现第一个文学梦想的摇篮。教学之余他辛勤酿制了一枚枚硕果,有散文,有诗歌,也有翻译。在我尚在母亲的腹中时,译著《红与黑》即问世。

父亲写道:

> 假如我一九三二年在温州上高中时,我的一位敬爱的英文老师没有偶尔间跟我谈起《红与黑》这本小说名著,使我心上就淹留最初新鲜印象,假如我后来到青岛上大学时没有学习法文,一九三八年一月间,我没有随学校西迁昆明,坐粤汉路火车南下,再从香港坐船到越南海防时,买到了《红与黑》的法文本,以及后来一九四二年冬又在重庆中央大学图书馆借到了司各脱蒙克里夫的《红与黑》英译本,使我有机会对照原著细心阅读,深受感动,迷上了斯丹达尔这部精彩的书的话,我决不会萌发翻译《红与黑》的念头。

父亲在高中二年级就开始翻译东西了,狄更斯的《星的梦》,蒙德的《失去了的星星》是他十七岁的处女作。这是受了五四运动以来的文学大家的影响,他们都是中外文学融会贯通。最初父亲使用英文,到了联大,他在吴大元先生的教授下学习了三年法文。吴老教学以严厉闻名,曾有一女生被叫起念课文时都吓得发抖了,同桌的父亲在旁悄悄鼓励她。但是严师出了高徒,给父亲打下了即使到了八十岁时还能给在巴黎的女儿写法文信的坚实底子。

父亲的文章里几次提到的英文老师叫夏翼天。在《红与黑》译者序里他写道:

我第一次晓得斯丹达尔和《红与黑》这本名著是在我的故乡温州,一个美丽的山水之乡。那时候,我有一个相知的老师,他很喜欢这部小说,时常跟我谈论它……晴和的礼拜天下午,我们常带了一点吃的一起到江边散步,或者坐舢板渡江,上孤屿江心寺玩。有时坐在沙滩上休息欣赏瓯江上的晚照,烟霞中的归舟……我们有时聊天中便转到《红与黑》的故事上头了。我的老师常这么说:唉,一个年纪轻轻的人,叫做于连,很漂亮,可是心里挺厉害谁知道呢?哎,"红"指的是什么?"黑"的呢?……

夏老师在温州中学只教了一年就离开了。抗战期间他们师生俩只见过一两面,就在《红与黑》的第一个中译本问世的前一年。之后,生活窘迫的夏老师去了英国,从此音讯全无。

民国三十四至三十六年四月,上海中正中路610号的作家书屋沪版相继出版了父亲的译作《红与黑》。前一本为土纸本。封面的右上角有"世界古典文学名著"的字样,扉页上印着"献给幸福的少数人"。吴大元先生收到赠书后很快回复,他写道:"你做了一件很不容易的事!在这炮火连天中,这本名著翻译过来会给人一股清醒,振作起来的力量。"

从此,这本厚厚的洋书,也成了我们家庭的一部分。它溶入了孩子们的幸福童年,伴随着我们长大。甚至连世界名著的概念好像也是从这本书开始,走进我年幼的心灵。可是我那时哪能读懂主人公于连·索雷尔啊?上个世纪五十年代旅居莱比锡时,在苏军俱乐部我第一次见到《红与黑》搬上银幕。饰演于连的是当时红极的法国明星,和他配戏的是位金发的德国女演员,他俩拥抱的剧照印在考究的说明书上。这场戏发生在德·雷纳尔市长夫人的卧室里,正值夜半两点,于连自语道:"当钟声一响,我就去履行自己的誓言。"随即他闯入卧室,开始了他那富于挑战性的人生经历。四十余年来,这部以真实的安托万·贝尔德刑事案件为源头,深刻描写一八二五——一八二九年间的法国社会生活的世界名著,不断有新的影视版本问世。俄国人、美国人、意大利人都参与了投拍,以现代摄影技术和广阔错综的视角,再现了一个变革时代的动人画卷:大革命失败了,波旁王朝复辟了,查理十世上台了,乡间锯木厂主的十九岁的儿子,这个家境贫寒、教育良好、心气高贵的主人公叩响了德·雷纳尔市长的大门,也向我们大家走来。他体质羸弱,相貌好看,一双又大又黑的眼睛,脸上流露着热情又难以捉摸的痕迹。因为使用斧子不如他的兄长,于连常是家族的拳头对象。但他能熟读卢梭的《忏悔录》和《圣赫勒拿岛回忆录》,能流利使用拉丁文。这使他敏感易怒,嫉妒心重,并且非常高傲,比佩带十字勋章的德·雷纳尔市长先生还高傲。司丹达尔从一开始就偏爱他塑造的这个人物,并且百般加以美化并一而再使于连做到了他自己不曾实现的艳事,让他既卑劣又令人同情。他还在于连身上倾注了他对反动教会和黑暗虚伪的全部蔑视与憎恨。显然那些导演们选演员时又夸大了角色的英俊挺拔,这使于连年仅二十三岁就走上断头台的结局越发令人扼腕,更具悲剧色彩。尾声是极为悲壮的。于连拒绝了向皇帝请求特赦的机会。玛蒂尔德亲自护送于连的遗体去安葬,她要像她的先祖那样捧着情人的头颅。那墓穴已用意大利的精美雕塑装饰起来。而德·雷纳尔夫人忠于她的诺言,没有去自杀。三天后,她却抱吻着她的孩子们离开了人世。

但是,没有哪种改编会像原著那样以纯正而地道的法兰西语言,将这个发生在十九世纪二十年代外省小城维里埃尔的伤痛故事娓娓道来,那么动人,那么耐人寻味,"有一种亲近之感"。我引以为傲的是,能将这优美的文字译成中文的第一人就是我亲爱的父亲!遗憾的是当年的出版商姚蓬子单方面毁约,未将父亲的译著出齐。我的父亲未能如愿在新中国成立后继续成为这本书的译者,在全国的新华书店的世界名著的柜架上,译者易人。父亲的名字从此在《红与黑》的各种新版中译本封面上消失了。

许多年之后,我才懂得父亲的心事。他一向主张一本世界名著从来是,也应该是拥有几个甚至多个译本的。只有经过不只一人的翻译,原著精神才能得以传扬。他极为认真地阅读别人的译本,写下了大量的心得眉批。但是翻译毕竟不等于创作,它最根本的一条是要忠实原著。父亲多次呼吁并著文恳谈,列举翻译界中的一些他以为需要端正的不良倾向,比如滥用文言,用词离谱,以及啰嗦冗长。他并不以为自己所做的就完美了,相反,他不满意年轻时代的译本,他要重译《红与黑》,这个愿望从八十年代末,他的最后一批研究生毕业之后就开始了。

然而父亲忘了自己早已不再有当年精力旺盛的青春年华了,他已步入老境。他是要干一件与年龄不相符的事,白内障又使他本来十分近视的眼睛看东西更加吃力。查字典他要靠双倍放大镜,时间久了,密密麻麻的小字一片模糊。一九九五年,父亲去医院做了手术后,来信说他已大放光明,信心百倍可以完成多年的宿愿了。为了达到最理想的翻译水平并超越自己,父亲收集了几乎所有的中外译本:英文、法文、意文、葡文、德文、俄文和西班牙文。中文里有他自己的也有别人的几个译本。所以每翻一个章节,他要经过如此繁复的对比参照,进展自然十分艰难缓慢。幸好有一位留校的研究生唐建清先生鼎力协助他,为他打字,在他逝世后我整理遗物时,我见到了这一摞已完成的《红与黑》前十章的译文。牛皮纸封套上他用红笔写下的"死不瞑目"四个大字赫然入目,那字字句句里,倾注了我的老父亲的多少心血啊!

撰稿中不禁回忆起在巴黎为父亲买书的往事。这件事难办在于他希望的图文并茂上,而巴黎市面上的《红与黑》法文版只有文字没有插图。在我之前,他的另一弟子博士范已经寻找许久了,而我的语言能力又哪能与范相比呢?

可是每一封寄自南京的家书里,父亲都要提这件事,从来视父母之命如圣旨的我,哪能忍心让老人失望呢。我去书店查找,又光顾塞纳河畔的书箱摊。这里丰富而稀有的形形色色的收藏,吸引了很多迷恋古籍的人们。我向老板打听,他也很快明白我要找什么——这位批判现实主义文学先驱的名字早已家喻户晓,他是法国人的骄傲。

书摊老板翻弄了半天,抱歉地说他没有带插图的《红与黑》。

一次雨夜,我由F君陪着找到了斯丹达尔在巴黎的一处故居。它已易为一家公司,只是门口的铜牌上依然刻着大师的名字。

直到动身回国的日子临近,我仍不甘心空手而归。又想到艺术城附近的BHV大超市再试试运气。它的顶层是文具书籍类,以往我只是来翻看画册。这天我扶梯而上径直去打听,这种时候什么谦虚羞怯都得扔在一边,我对陌生的法国男人结结巴巴地介绍说:"我的父亲是位翻译家,他将《红与黑》翻成了中文。"对方的反映自然是惊叹一番,我也趁机将话题一转,向他提出为我父亲找到《红与黑》法文版的请求。他欣然答应并领我到一个书架前,不费几秒钟,一本装帧新颖的书递到我手中。我赶紧翻看,却只有满纸文字,真叫人空欢喜一场。在这满目琳琅、四处散发书香的大厅里,我茫然不知希望在哪里,但心里还是不甘。最后我走到东北角,这里立着一大排书架,发现架上是一套十分完整的世界名人丛书,足有上百本,都配有大量的珍贵照片和精美图画,简直就是一本本小画册。原来这是为中学生编著的。我贪婪地查阅,甚至干脆席地而坐好慢慢享受。不出我所料,在雨果、巴尔扎克、卢梭、罗丹、德拉克罗瓦、塞尚等等这些曾给法兰西,也为世界做出杰出贡献的文学艺术大师行列中间,司汤达的名字终于跃入我的视线!虽然它并不是父亲要的那种《红与黑》的单行本,虽然这本书的价格十分昂贵,我仍毫不犹豫地买下了。一想到父亲会怎样的爱不释手,或是因为兴奋而涨红了到老都那么清秀的面颊,我就开心得很。

为了配合图册更好地认识这位举足轻重的大作家,我找到了父亲为斯丹达尔的《嘉斯德乐女修道院》和《法尼尼·法尼娜》所写的译者前记。它也出版于四十年代。年轻的父亲介绍说:

> 斯丹达尔原名亨利·贝尔。他是法国东南部格雷匿布勒地方人。从少沉湎梦想于军绩的荣耀,异国的风光与恋爱的激情,他艰苦又寂静地创造他的艺术作品,描绘人物,发掘人性的深坑,刻画主角的灵魂。他是近代西洋心理派小说的老前辈,精神分析的宗师,然而,斯丹达尔在十九世纪初叶法国浪漫主义的洪流中,却是一个寂寞的孤僻的作家,人们不了解他,他也不求人们的了解。他所继承的是十八世纪百科全书派,他简洁的文体自言系摹仿拿破仑的刑法。

这是一个矮胖、其貌不扬、缺陷斑斑的法兰西民族的儿子,但这些并不能妨碍他去勇敢追逐所爱,更不会阻止他热情坦诚和喜恶分明的性格。他出生六年后爆发大革命,第二年他的母亲去世,父亲的压制反使他很早就站到共和一边,而且坚定到底。王朝复辟的岁月令他屈辱压抑,他几乎成了米兰的侨民。无论雅各宾党人,还是烧炭党人,都是他的朋友。他终生未娶,屡遭爱情失败。他曾参加拿破仑到莫斯科的灾难性的远征,他对战争的描写教益了托尔斯泰,又令巴尔扎克迟迟不敢动笔。他还是罕见的大言不惭地抖落自己劣迹供人口舌的作家,他立志当"伟大的情人",这决定了他能得心应手地在小说里写出真正的爱。他一生写了三十三部著作却只出版了十四部。一八四二年他因中风去世时，冷清非常，墓碑上只刻着亨利·贝尔的名字。但是他预言他的书会在一九三五年为人阅读，这件事他却估计保守了！

一九九九年九月十八日，我陪父亲出席了江苏译林的"戈宝权翻译文学奖发奖大会"。他坐在主席台上，做了一个简短而意义深刻的发言。他特别向获奖的女作者祝贺，使我这半个外文盲羡慕不已。二十日这天晚上，父亲设便宴为即将赴法工作的研究生饯行。应邀的都是南大中文系外国文学教研室的同仁。席间，他感慨岁月如梭，四十五年前是高教部杨秀峰部长为年轻的他饯行。如今头发白了，风烛残年。然而他要告诉大家，他完成了一本文学回忆录，一个晚秋的金色宿愿！

父亲现在也许还能见到被他翻译过的作家们：梅里美、弥尔顿、马雅可夫斯基……当然他更有可能像四十年代那样，去和斯丹达尔对话，关于索雷尔·于连。

我本人不大可能在有生之年得到读懂原著的机会了，历史局限造成双亲的第二代无法接班。这实在是个大悲剧！但是父亲的治学精神永远不会从我身上泯灭，我越来越发现自己年岁越大，许多方面越像父亲，连母亲都惊讶地说："怎么有如此遗传？"因为我也热爱文学，也好伏案写作；我也常习惯将两手交叉在胸前，沉思默想；甚至我也喜欢对一篇文章反复推敲，改来改去，没完没了。父女俩都是激动派，永远对这个世界表达不尽，好像能活三百岁。更重要的是,《红与黑》中所追求的光明与平等的精神,是我们父女俩共同的毕生理想。

我家的孤本《红与黑》在爸爸的书桌上

那本已成了我们家庭文物的"海内孤本",也是第一个中译本《红与黑》,长年用白报纸裹着,静静地安放在父亲的"专柜"里。这是他生前亲自包的封皮,谁都不敢去碰内页,七十年过去了,它已脆损不堪。但我深知那封皮是绛红色的,书名字儿很大,左下角是繁体字的"法 斯丹达尔著 赵瑞蕻译",它们就印在上面,永远不能从我心里抹去!

(写于二〇〇〇年六月北京持续的高温里,修改于同年深秋)

替爸爸"梦回柏溪"

从北碚到柏溪有三十公里,西北方向,开车的小乐说更偏北一点。时值下午两点。开了二十分钟,我们进入隧道,长极的隧道。出隧道进入了山区,两边绿荫覆盖,远望到轻轨架桥。道变窄了,车旁不时开过载物大货车。有雾多路段警示牌。这是礼嘉和三溪口交叉口。能见到沙坪坝和三溪口路牌,还有朝右侧下方行走的路牌。

这时稍停的雨又大起,及时出现提醒谨慎开车保持车距路牌。三点四十分,路边又见"前方施工"警示牌。礼嘉出口向右有"莫让亲人泪成河"宣传标语,足见此地路况有一定危险。想起老妈的提醒并不是多余。

我们接着向礼嘉镇方向驶去,雨住。转眼进入一片修整如新的新园区,右转,七百米进入匝道。经过环岛经过第一第二第三出口,驶出环岛,进入金通大道,路况变得极佳。同伴们说这是正开发的工业园区。

又开始下雨了,晓蓉看着车窗外说,雨刷又启动了。

调头,又进入隧道,这回距离很短,隧道口可见远方的尖圆形山丘轮廓模糊。前方四百米又调头,到了九曲河,紧挨着白色轻轨高架桥。

晓蓉说到柏溪了,可是横在面前的是一个大门紧闭的污水处理厂。

自然不能再往前开车了,大家都跳下了车。询问了一下,看门人往右指指厂子后面,那一片完全是山村景象的地方。

雨后湿滑,何况是羊肠小道?绕到厂子后,要经过一条小河方能到对面的山林,木桥下水流潺潺。我画欲涌动,表示你们一会要给我点时间,我要好好画张画。晓蓉怕我摔倒,执意搀着我走,这是一段并不远却相当泥泞曲折的路。高高低低,不时遇到陡坡,需抓住无论什么依靠的物件,有时我只得薅一把野草。好容易挨到栽满小榕树的林间,树须垂挂,每两行进入一段石板路,好似一下子进入一个世外桃源。

几声狗吠打破寂静,闻声往远处一看,两只黑白相间中型狗正冲着我们欲挣脱锁链。小房子里走出一个皮肤黝黑穿制服的男人,叼着烟。小乐上前打听此处有没有原中央大学遗址,他不带一点犹豫地回答有,指指房子那头一条上坡的小道,他口音太重,我没听大懂,就随大家往前探路。又是林中道,刚走一会,发现那男人尾随而来,是好奇还是不放心我们找不到,反正机会来了,我凑近和他攀谈起来,我告诉他我的父亲曾经在柏溪教过书,他已去世十六年了,今天我带他的书来此纪念他,希望他能告诉我当初的中央大学具体在什么位置。

他大概听懂了,这回指得很肯定,就在距离脚下约五百米的山峦苍翠之中。年轻人马上都看到了:"在那,就在那!"他们说,"还有一个人呢"。他们又说。

可我什么也没看到。小乐和鹉儿只好将他们的手机屏幕放大再放大,好让我看清那间老屋和那个人。我睁大眼睛使劲看,有个东西的确在走动,是那个人的白帽子吧?那个黑色的呢,肯定是那间房子。房子,人,一切都隐在万木花丛之中,因为施工,我们无法走近。

我问看林人,听说还有个中大的纪念牌,还在吗?那男人说有,建厂子时给扔了。"那人是看房的,政府给开工资。"他又说。

接下来按事先的想法,我要在《离乱弦歌忆旧游》的发生地以烧掉爸爸这本遗著的方式祭奠天上的老人。我的心诚大概感动了看林人,在这严禁烟火之地,他竟然默许了。

特意带来爸爸的书《离乱弦歌忆旧游》,翻到174页《梦回柏溪》,我念了其中一段:

> 那时生活清苦,起居条件差得很。我们住的宿舍的墙是竹子编的,外边涂上一层泥;没有玻璃窗,只有土纸糊的木框架。生活艰苦,景荣、张健和我三人有时分抽一包从重庆带来的上等香烟。那时我们每个人都有个小火炉,买些木炭烧着取暖,度过重庆冬天多雾气的严寒。大家又找来洋铁罐(比如名牌 SW 咖啡扁圆形的罐),上边挖几个小孔,插进灯芯,倒满菜油,再弄个铁架子放在罐上,架子上摆着搪瓷杯子,火一点,就

替爸爸"梦回柏溪"　27

可烧开水,泡茶喝,或者煮东西吃了。就在这样的境况里,在"炉火峥嵘岂自暖,香灯寂寞亦多情"这样的诗句描绘的心态中,我们教书,读书,翻译,研究,大家愉快地努力工作着。

此刻书已工整地摆在石板上,这是林中小道的尽头。不知何时起,雨停了。远望着爸爸工作过的大学遗址,哽咽的我说:"爸,我来柏溪了,这里是孕育我生命的地方,谢谢爸爸妈妈!您的《红与黑》中译本在这里诞生,我还保存着一九四四年原版书。这是您的遗著,出版时您已离开我们。今天我把它带来了!"

鸫儿借来了打火机,几个年轻人和我们一起开始撕书页,火一接触纸,瞬间点燃。红红的火苗蹿起来了,越烧越旺,书页在火焰中被曲卷,被吞噬,一页一页地化为灰烬……

就在这一刻,雨突地哗哗下来,让所有在场的人惊讶不已。

莫非老爸真的看到了啦,一向在乎著书立说的老爸得到了宽慰!

写到这,不能不公布一封旧信,写信人是我爸在柏溪的同事写的,是用英文写的,我爸晚年找出后翻译成中文,这封信可以从一个侧面了解我们刚诞生四年的小家,最初的颠簸,未来成就的雏形,那些充满不定数又苦中有乐的情状:

赵太太：

阿虹明天要去沙坪坝了。他说你就要到这儿了，想到你不日将出现在久违的柏溪，颇觉欣慰。我已存了一点钱，特地用来招待你喝鸡汤吃红烧肉。我过得像个老爷，每天跟裘·连阿虹和其他同事出去吃饭。这儿有一家很不错的饭店，才开张的。柏溪只要再开一个咖啡馆就完全现代化了。

阿虹在这里很有名气。他的天赋和勤奋已使他自己成了出色的人物，这么说吧，在学生小子眼中，他是个英雄了。同他散步，我真高兴得无以言说。他总是扯他天真的故事，而我则开他几个不伤大雅的玩笑。我的学生已正式邀请阿虹用英文作一次学术演讲，他也郑重地接受了这一邀请。他将在雷鸣般的掌声中登上讲台，言语流畅，现出令人激动的神情，然后他在听众一阵热烈的欢呼声中走下台来……

阿虹已宣布了演讲的题目："翻译即叛徒。"这是一个精彩的题目；但想到他已经确立了作为一个翻译家的地位，这题目也许是个小小的讽刺吧。赵太太，但愿你不要错过这个机会，来分享将要倾泻在他身上的荣耀。这也就是我要催促你早点来的原因之一。

约翰 C.Y.吴
一九四五年五月二日于柏溪

一九九四年吴景荣叔叔去世，享年八十岁。五年后他笔下的阿虹——我爸也走了。

而那个久远的一九四五年五月,我即将满月,我妈若是很快从娘家沙坪坝来柏溪,必是怀抱着我这个吃奶的娃娃来的。爸一个人工资,养活四口人,日子可想而知会更加清苦。

爸爸妈妈在抗战中的昆明

谁配戴毛主席像章？

这是一段"文革"往事。对于爸是勇敢，是足以为荣的事，而对于我，则是不堪的记忆！

时间大约在一九六八年，那一阵我正好在南京。一天，南京文联造反派通知爸爸去参加"批黑诗唱红诗"批斗大会，那个年月，什么事都会发生，凶多吉少。妈妈不放心爸一人去，我主动陪他去了。

我和爸是走着去的，开会地点在新街口的人民剧场，小时候我们一家人常到这里听京戏，留下许多美好时光。而眼下这里却变成一个火药味十足的战场，优美的京剧曲调不见了，高音喇叭正发出刺耳的"文革"造反歌响彻剧场内外。

走进挂有横幅的会场，满场的人，坐的，走动的，不再是看戏的观众。我们选择最后一排座椅坐下，多少有点被眼前的气氛震慑，我想安慰爸爸，看他表情肃然。

批斗大会开始了。既然是南京文联召开，肯定是当时已夺权的造反派组织或革委会的头头来主持。他们一律佩戴着鲜红的袖章,隔了很远没看清袖章上的黑字。所谓司仪,以前是报节目的角色,此刻必是由一个嗓门洪亮的女小将来担任。

事后我归纳为三步骤:

第一步:大会主持头头发表很有煽动力的开场白(反正是南京文联十七年如何沦为封资修的大本营,或是裴多菲俱乐部云云)。

第二步:原文联已被打倒的领导们被押解上台亮相,他们在呵斥中排成一行站在舞台上示众。当然是低着头作认罪状。

第三步:矛头唰的一下全指向了我爸,他被厉声喝令道:"赵瑞蕻!立即到台上来!"

爸从座椅上缓缓站了起来,捋捋他总是得意的带银丝的软发,他的中山装制服整齐,和以前出席会议接待外宾时一样。他笔直地向舞台走去,前方不再是请他上台致辞,或上台与演员握手祝贺演出成功。这一刻他是去迎接一场火药味十足的陪斗。

人们纷纷从通道两边向这位五十开外面目清秀的文人投来好奇的目光,好像连肃杀的气氛都有些缓和了。

那头头的耐心是有限的,大约生怕这样等待陪斗人上台会减弱战斗力,他完全不按常规出牌,竟带头喊出了"打倒赵瑞蕻!"的口号。台下阿斗般的众人立马随声也挥拳喊起来:"打倒赵瑞蕻!"

爸爸在此起彼伏的口号声中沿侧梯走上舞台,被命靠边站立,和文联原领导们的位置形成四十五度角。

批判开始了。批判稿由另一个女小将宣读,我只记住了她对爸喊叫的最后一段:"赵瑞蕻你必须回答:你为什么要赞美罂粟花这幅画,称它是最美丽的花?在我们伟大的党的生日之际,你们用这样的方式恶毒攻击党,其用心就是要复辟资本主义!是可忍,孰不可忍!打倒赵瑞蕻!坚决批倒一切毒草!打倒一切害人虫!批黑诗!唱红诗……"

原来,爸来陪斗是为《雨花》杂志七月号的封面用了吕斯白的油画《罂粟花》,爸正是那个写诗颂花的诗人。书呆子加浪漫诗人哪会懂得将这罂粟与鸦片连到一起?

这时台下忽然有人大喊一声:"摘下他的毛主席像章,他不配!"一下子一片随声附和响起。批判中始终一声不吭也拒不低头的爸爸,顿时反应异常强烈。他本能地捂住胸前作防抢状,他一向喜欢戴徽章,在国内,在德国,他从来都是校徽纪念章不离身,他视徽章为一种美而光荣的装饰。现在要他摘下毛主席像章,他觉得受了天大的侮辱,绝不可以!

有人跳上台了,扑上去要去拽下爸的像章,现场一阵骚动。爸紧紧捂住那枚像章不让对方得手。在淫威面前,只见爸毫无惧色,反而更骄傲地昂首挺胸,大义凛然。幻觉中他好像又回到为抗日奋笔疾书挥斥方遒的青年时代!

也许到最后,造反派也觉得像爸爸这样的一介文弱书生,太不值得他们下手了,毕竟此人是叫来陪斗的,还没达到那些走资派那样"罪大恶极"的地步。

像章风波终以爸爸的胜利而平息。

这一年,我二十三岁,爸爸疼爱的小妹,目击了一切,却没有勇气奔上台搀扶老爸一把,保护一下他,尽一个孝女的责任。在所谓的大是大非立场面前,"革命造反有理"就像有魔咒在我身体里作祟,阻止我正常思维,表达仁爱,去做勇敢和正确的事。今天回首这段往事,我依然感到羞惭不已……

(写于二〇〇五年,二〇一六年十一月修改)

"文革"中爸爸从农场归来午睡的样子(速写)

农场归来

翻遍了爸爸留下的著作,企图在字里行间找到他对"文革"时期的记录,却几乎是空白。长达十年的浩劫啊,对于一位终生都以文字为己任的已故老人,这的确是一件遗憾!

"文革"开始时爸爸五十一岁,出成果育人才正当年。和所有的有理想有抱负的知识分子一样,"文革"带给他们的是白白丢失了整整十年的大好光阴。

这是一场全国性由上至下来势凶猛声势浩大的运动,无人幸免。好多年后爸爸告诉我运动开始不久,南大就召开了批斗大会。大礼堂里,肃杀之气令人窒息,一位又一位教授专家被点名揪上台。一个平时老实巴交的老教授,就坐在台下爸的身边,吓得浑身发抖。爸爸安慰他别害怕,但他还是一点一点往外挪身子,以为这次躲出门外就能逃脱大祸临头。

一天,一帮中学红卫兵跑到我家,指着客厅墙上挂的爸从德国带回的一幅古典花卉油画命道:赶快拿下来,把宝像挂起来!幸亏我家的老保姆勇敢仗义,愣是赶跑了这帮毛头小子,家里没遭到什么损失。

和我们家多年的世交秦宣夫一家也遭遇到抄家,就在"红八月"的一天,南师附中的红卫兵突然闯入院子,将老先生珍藏多年的三十几本世界美术全集扔到院子里,一把火点着烧了。他的学生庄弘醒回忆说,他的秦老师曾被勒令去新街口画"文革"宣传画,画幅很大,老先生那年已近七旬了,颤颤巍巍地爬上梯子,可笑的是鉴于他的"反动学术权威"身份,只能画"次要部分"。

很快,南大校长,参加过"一二·九"运动的老革命匡亚明被当作走资派揪斗了。

"文革"中我只回过三次家,第一和第二次间隔了五年整。第一次我竟抽风似的跑到南大和南师,向造反派组织了解双亲的运动表现。本来他们在派出国时已接受过政治审查,要不是"历史清白"没有任何历史问题,也出去不了,所以我当然一无所获。我的小弟年纪虽小却很护家,不放心跟我去了南大,生怕他的二姐做出什么出格的事。回家后我还正经八百地找爸妈谈话,问他们有没有需要交代的政治污点。妈妈觉得好笑,没当回事,故意说她解放前尽忙于生小孩了。爸爸相反,真把我当作来审查他的革命小将,认真严肃地给我写了份他的履历。假如今天尚能留下爸爸的这份"交代",那将是我当年极左幼稚的见证之一,会让我永远鞭笞自己的良心!

也是我活该倒霉,当我完成此次"大义灭亲革命行为"

回京后,反而引来对立派的大字报,命令我立即交代"南京之行"的阴谋。

一九六九年九月,一号命令下达。全国各大中城市的机关、学校的教职员工一律在限定日期迅速撤出城市,到农村去扎根。说是战备需要,让千百万人,不分男女老幼"一刀切"地远离自己的家园。我们这个家,就有五个成员下了乡:我爸去溧阳,我妈去句容,我弟去高淳,我姐夫去了北京郊区大兴县,我到了宣化,后来又转到宝坻和兴城。爸妈去的地方称作农场,我去的地方称作"五七干校"。只有我姐姐留在北京,她有音乐专长也只能在街道打杂。那些年,一家人分成了七处,家书也必然由四面八方寄来寄去。

爸爸在溧阳的日子没有文字记录,只知道他在溧阳负责给下地干活的老师们烧开水,南方叫这为"老虎灶"。后来又派他做一件工作,就是看管校长匡亚明。爸爸一向宽厚仁爱,尊敬校长,校长也很爱护老师人才。他们俩又是南大唯一参加过"一二·九"运动的。爸爸无论如何也做不出责难和呵斥的事。至于他们一个当看管的,一个被看管的,这种特殊的关系在一起有多久,他们天天都做些什么,聊过什么话题,我只能凭想象了。在爸下乡期间,他曾去高淳看过我弟弟,一张父子俩一个撑船、一个坐船的老照片记录了那一短暂的天伦乐。

像没有不散的宴席一样,苦日子,乏味无聊的日子总有尽头吧。终于有一天,我这个也被审查的对象允许回家探亲了。那是一九七二年夏天,我回到阔别五年的南京。

爸妈也分别请假回家,那真是我一生中一段难忘又快乐的时光,我和丈夫结束了长达四年的分离,一起来看望爸爸妈妈和弟弟。一家人难得天天厮守一起,亲密无间,谈天拍照,去中山陵玩。母亲还领我去鼓楼街一家叫红霞的布料店里扯布料做新衣,我的第一件的确凉藕荷色衬衣就是那年做的。有一天丈夫心血来潮,在我俩住的小屋挂起各色毯子,布置了像画室一样的角落。他给家里每个成员画了一幅油画肖像,虽然那时只有劣质的油画纸可用。在张家口学生连画毛主席画像练就的造型功夫,这下全派上了用场。

爸爸被画那天,不知是二女婿的意思还是爸爸自己的意思,他右手捧一本厚厚的外文书,左手支着腰。白色的衬衣,微卷的银发,目光炯炯——并没因"七斗八斗"改变洋派的初衷。

接着,这一年爸妈又去北京探亲,妈妈和外婆也六年没见了。我家分在六处的老少在西直门外大街一家照相馆里拍了全家福,爸妈已有第三代了,是我姐姐的儿子小春。

再次和爸妈见面,是一九七三年底,爸爸已结束溧阳农场的日子回城,全国高校没恢复高考,爸爸没课上。一天我用铅笔画了一张爸爸午睡带明暗调子的画像,进入暮年的爸爸不过五十八岁,依然保持"文革"前坐着午觉的习惯。棉制服,帽子微微后倾,露出白发,难脱在农场待过的狼狈。那时在外面已有人叫他"老头"了,爸当然不情愿。

一九七三年十二月二十九日,我的鹆儿出生了。他是个迟到的孩子,我足足等了他半个月。第二天清晨爸爸闻讯从家里赶来,当他听说他的第二个外孙又是个男孩时,兴奋地对随后来的母亲大叫着:"A boy! A boy!"

这是苦涩日子中的光亮,也是希望。

(二〇一六年十一月二十九日完稿,十二月修订)

1972年爸爸妈妈来北京探亲在动物园留影

"假洋鬼子"和"放洋屁"

"假洋鬼子"的绰号,在今天顶多一句玩笑,可在上个世纪五六十年代,谁被扣上那是要遭批判的。

很早就知道这一名号最初来源于鲁迅的笔下。为写此文我查了有关资料,一位未曾谋面的学者、一九七七年恢复高考的幸运的佼佼者、我的浙江老乡李兆忠先生的一篇《鲁迅和假洋鬼子》长文(原载《博览群书》二〇〇七年第十期)引起我的注意。文中提到一九二〇年鲁迅的小说《头发的故事》出版,引用小说里双十节这天,N前辈先生向"我"发牢骚,关于辫子说:"我出去留学,便剪掉了辫子,这并没有别的奥妙,只为它太不便当罢了。不料有几位辫子盘在头顶上的同学便很厌恶我;监督也大怒,说要停了我的官费,送回中国去。"N前辈先生接着说,过了几年他回国就买了一条假辫子,结果又因怀疑真的假的遭到周围众人的嘲笑。索性废了这假辫子穿着西装就这么上街,一路走去,一路便是笑骂的声音,有的还跟在后面骂:

"这冒失鬼!""假洋鬼子!"

按照李先生的说法,N前辈属于当时那些留过洋的一批中国文人,N前辈的委屈在于,他明明是李先生称作的"真洋鬼子",是"中西合璧的精英,时代的先觉",具有真才实学。我理解为五四运动提出的"德先生""赛先生"的大旗该是从这些人物手里扛起的吧,这一提法倒是很新鲜又准确。据悉,李先生正在撰写《20世纪中国留学生文学研究》,这对深入探讨中国几代留学生的精神、成就、知识结构及人生命运都极有价值,让我期待!

一九二一年,《头发的故事》出版次年,鲁迅又写了《阿Q正传》,塑造了真正的"假洋鬼子"形象——钱大少爷。李兆忠先生继续写道:"在鲁迅的眼中,钱大少爷与阿Q不过是一枚硬币的两面……鲁迅的高明在于,通过阿Q的眼光,既揭示了中国人'非我族类,其心必异'的排外心态和对现代文明的蒙昧,又画出了钱洋鬼子的外部特征,可谓一石二鸟……显然,鲁迅是以西化精英的孤傲姿态,对中国人的不可救药的'国民性'作绝望的批判的,中西合污的文化泡沫,正是这种'国民性'的另一种表现。这里所指的文化泡沫便是'假洋鬼子'"。

按他的梳理,讽刺此类"假洋鬼子"的描写,鲁迅有以下几篇:《高老夫子》、《幸福的家庭》、《上海文艺一瞥》、《致台静家》、《肥皂》。

如此说来,一方是"假洋鬼子",一方是"真洋鬼子",一方是"阿Q式的带有中国人固有的劣根性的愚民","一个彼此错位的三岔口形成愚昧的民众与封建保守势力结成同盟,使西化精英们陷于孤立的境地"。

可惜后人极易接受排外心态的民粹,他们不分青红皂白地认为"于是这类沾染了'洋味'的中国人,不是真洋人,被称为'假洋鬼子'"。以讹传讹,一提这称谓,就不是什么好词儿,极带贬意和嘲讽。

我爸恰遭际过此种奚落。一九一五年出生的爸爸四岁时,中国发生五四运动,按照李兆忠先生的说法,一批五四运动的领袖人物"都是精通西学的留学海归,无论是人多势众上,还是西化的程度上,都远远超过他们的前辈,学贯中西,通古博今,由他们来充当传统文化的掘墓人,新文化的缔造者,应当说最合适不过"。论资辈排下来,这批领袖人物该是我爸的前辈,至少是间接的前辈了。

十九世纪末,洋务运动失败,却带来了西方先进的科学技术,洋学堂纷纷兴起,经济上稍有点条件的家庭都会让孩子特别是男孩上学受教育的。爸爸受"万般皆下品,唯有读书高"的影响很深,按他自己说"我虽是父母最小的孩子,很受宠爱,但并没因此惯坏了我,倒能自觉用功读书,不依赖父兄督促"。在温州中学,他和英文老师夏翼天很要好,经常在课余谈天,这跟他喜欢外语且成绩优秀有关系。他的国文老师王季思讲解都德的《最后一课》等,给予少年时代的爸爸最深刻的启发。爸爸在中学时已接触许多外国名著,在母校九十周年校庆纪念特刊上,他写了回忆文章《我与比较文学》,足见他从青年时代已奠定了日后从事和担当中外文学交流的重任。他们这代人成长于民族危难,却有幸赶上了精英教育的机会。爸爸痴迷语言魅力,追求和享受多种不同的语言交融的快乐。在西南联大学习和中央大学的教书生涯中,他都受到优秀的外国文学的滋养。

爸爸惜时如金,即使在昆明跑警报,他也会夹上几本外文书跑到城外,猫在土坝上或松林里阅读。他曾在晚年撰文回忆上个世纪四十年代末的生活:"从一九四六年至一九四九年南京解放前这一阶段,由于时世动荡,社会不安,生活紧张,我除了在中大教书外,曾在外面兼差,成天忙碌,没有闲暇写诗,只翻译出版了一本《爱的毁灭》、《斯丹达尔短篇小说集》。"

爸爸自然很想出国留学,只是苦于一介书生无法负担高昂的学费。他和我妈结婚后,曾托妈向外婆请求资助他留学去,被外婆一口拒绝了。老太太自有她的理由,她虽并不喜欢我爸,但认为女儿要嫁鸡随鸡,既然有了家庭,两人就不能分开,这是最重要的事。爸的留学梦就这样幻灭了。

新中国成立,五十年代初,因形势所需爸爸自学了俄语。他常说多一门外语就像打开了一个窗口。有一年我陪他到温州老家讲学,亲耳听他对在场的大学生们说:"你们要学好外语,至少一门到两门,一个比较文学的教授,应当会十门外语。"此话一出,会场唏嘘一片,所有聆听者全都汗颜了。

一九五三年爸被高教部选派前往东德任教四年,等于圆了他出国的梦。

这下爸总算是"镀了金",每每回国休假,他喜欢穿西装

爸爸在莱比锡任教初期留影

打领带,好向来客介绍外面的世界。记得每当客人来,他总喜欢在家里客厅地上铺一张世界地图,向来客分析国际局势,讲解东西柏林的格局。那时我虽很小,也能耳濡目染受到最初的反战反法西斯的正义感教育。可在一些世俗人眼里,爸的做派就是"好出风头",整个一个"假洋鬼子"了!

像爸爸这样的学者,在不要文化、打倒文化、砸烂历史传统的十年浩劫中,那可是要倒霉的。现在的年轻人很难想象"文革"初期,在南京大学曾发生过一场考教授的荒唐闹剧。至今我还保存一张已发黄的一九六八年一月一日南京大学八二七战报,第三版上大标题是"红卫兵考臭教授",副标题"考场但见丑态百出 试卷令人啼笑皆非"。开篇第一句:

"中文系是南大资产阶级臭教授最集中的地方之一……这批混蛋把持了中文系的行政、教育大权,大肆贩卖封、资、修的黑货……"

满纸造反派语言,火药味甚嚣。考的题目是默写毛主席诗词《蝶恋花》,而且一句也不许错。幸好爸爸是教现代文学的,又是诗人,他是唯一一个能默写正确的教授。但也经不起红卫兵的训斥和恫吓吧,这一吓不要紧,爸竟将写对的地方又涂掉,这下可大错特错了!

"至于'在金色的布拉格草地上打滚'和'在蓝色的多瑙河畔溜达的''浪漫诗人'赵瑞蕻,同样也背不出毛主席诗词,胡写了些'君失骄杨我失柳'、'天下事,从来急'之类的怪句。'草包教授'陈瀛,因为作弊,偷看了赵瑞蕻的试卷,因而同赵一样,也写了'君失骄杨我失柳',由于当场被红卫兵小将抓住,不能继续剽窃,他的第二句便写成'杨柳轻扬直上云霄汉',真是出尽了洋相!"

这还了得,这可是对伟大领袖的大不敬!在小将们看来,我爸翻译过大毒草《红与黑》,又去过希特勒的国家,这不就是鲁迅先生笔下典型的"假洋鬼子"吗?这顶帽子不给他戴给谁戴?

爸爸有点迂,我身上也有点。批判,讽刺,挖苦,都阻挡不了爸对外国语的热爱。他不仅照样钻研,还喜欢说。爸天生有点结巴,每当他磕磕巴巴蹦出几个英文单词时,妈就会"嘲笑"他又放"洋屁"了。久而久之,每当哪个国人半中半洋地说话时,我们姐弟仨也会在背后这么嘲笑人家。这既不尊重人,其实对自己一点好处也没有。说实话,我们愧为翻译家的后代,我们没一个外语过关。大环境上那是个禁锢又漫长的时代,但在我们家里,徒有满柜的外文书籍和两位西南联大外文系毕业的长辈,却一点没有学习外语的气氛。连翻译过《呼啸山庄》的妈妈近日自己都说,长期不用口语,家里来些洋客人,她简直不会说了。是啊,有一年我舅母的姐姐希尔达从英国来中国与妈见面,我发现妈和她对话挺吃力的,当时真有点吃惊!

一九八二年,爸爸为他的母校温州中学八十周年校庆撰文,他对在校学子提出热望:"一定要刻苦地把中文和外语(至少掌握一门外语)学好!这是一切学科基础的基础。我认为理想、中文和外语这三样是建筑精神大厦的钢筋水泥。"

他在最后一本著作《离乱弦歌忆旧游》上写道:"翻译永远是不可缺少的很有意义的工作,只要有人类存在,就有交流。地球上有四十亿人,三千多种语言,我们的工作要永远做下去。"

我的爸爸就是这样的人,他具有宽阔的全球视野,对中外文化交流事业始终抱有一颗赤诚之心,这是一种心怀天下的强烈责任感,让我永远敬佩他!

不禁想起一件小事。就在爸爸去世的前一年,我在南京,有天他对我说怎么也想不起有个英文单词怎么拼法了,这是一种稀有的花卉名,我当然帮不上这个忙,只能宽慰他说,年纪大了,忘性大没关系的,记不起来就算了吧。然而爸爸不甘心非要自己想出来,直到一天他突然大笑,那笑容好像一个孩童,他连连说:"我想起来了,想起来了!"便拿起笔写下了这个字母一串又非常难念的花卉单词。

强加到爸爸头上这顶"假洋鬼子"的帽子应该休矣!

(二〇一六年十一月十二日完稿,二十日、十二月二日修订)

送父亲回故乡

一九九九年七月十八日,我亲爱的父亲的骨灰由他的爱孙从南京送回了温州。这是他生前的一个宿愿,在他为自己草拟好的讣告中郑重地向亲友们叮嘱:

"请将我的骨灰撒入瓯江中!"一首写于十年前,后来又多次修改的八行诗《我的遗嘱》里,父亲已经预示自己到达了生命旅程的终点,他并不气馁,却安排了这样一种生命结局的意境——"无须追悼,让火焰拥抱我。"

和所有的温州人一样,父亲也十分重乡情。一九一五年十一月二十八日,他出生在施水寮的一栋老式二层木楼的楼下,排行老六,也是赵家最小的孩子。九岁时,朱自清先生来温州中学教书,父亲在二哥的作文簿上见到过先生亲笔写的评语,深受感染,那"雁山云影,瓯海潮淙。看钟灵毓秀,桃李葱茏"的校歌唤起了父亲对家乡对文学的热爱,名篇《绿》印入他年幼的心灵。六十年后他出版诗集,便是以其中一首诗题为名,叫《梅雨潭的新绿》。

温州八中现在的校园曾是温州中学初中部的旧址。当时,王季思先生教授国文,父亲年纪最小,用功、聪慧,当时被戏称为班上的龙尾。这对师生结下了深厚友情,父亲一本诗集的序也出自王先生之手。重踏父亲的母校,这是哺育了几代英才、具有光荣传统的圣地,陈列室里还保存着当年"野火读书会"的同仁合影照。如今父亲和大多同学均已作古,唯一的女生吴性慧健在,她后来成为一位卓有成就的妇科专家,至今仍在发挥余热。吴大夫小我父亲一岁,十八日这天,夫妇俩不顾高龄暑热,特地赶来亲自为父亲撒骨灰,令所有在场的人为之动容。

一九三五年父亲高中毕业转异地深造,这是他第一次离开故乡。《野火》便由马骅先生和其他低班同学继续其志。一九三七年抗战爆发,父亲由青岛回温州,十月十九日,他参加了纪念鲁迅先生逝世一周年大会,二十二岁的父亲风华正茂,跳上露天讲台上朗诵诗,展示了温州爱国热血青年的精神。同年底,父亲辗转数地,投奔抗日烽火中诞生的西南联合大学,从此走上了治学救国之路。这一走便是长达数十年的离乡。父亲一生去过很多地方,南来北往,异国他乡,但是无论走到哪里,父亲总是思乡情切。虽然他的子孙们在成年前都未曾来过温州,可是在我们的印象中,温州一点儿也不陌生。这要感谢父亲,在他的描述中,温州是青山绿水的好地方,海产尤为丰富。温州人勤劳聪明,敢作敢当,比如能把吃早饭叫"吃天光",常引得孩子们忍俊不禁。我们的父亲就是这样永远以自己是温州人感到无比自豪。父亲经历过旧时代,见过美丽少女被买卖、饥荒和军阀混战,所以温州的每一个进步,每一件喜讯都会使他兴奋不已。他用诗篇描绘故乡的一草一木,抒发这挥之不去的恋情,在他自编待出版的诗集《多彩的旅程》封面上,选用瓯江为背景,一只江鸥在诗人头顶上飞翔的画面。

改革开放以来,步入晚年的父亲常常牵挂故乡,他对故乡的养育之恩充满感激之情。他三次到温州大学讲学,其中一次由我陪同,当上海开来的轮船驶入温州湾时,他在甲板上欣喜若狂,天真得像个孩子。在温州大学讲坛上,父亲热情洋溢的演讲,深深吸引了年轻的学子们。几年来他还陆续向温州大学图书馆捐书一千余册。一九九七年秋天,父亲又一次,也是最后一次回故乡,他亲眼目睹温州的巨变,感慨万千。南京至温州直达列车开通后,父亲激动得逢人便讲,他早早拟好行程计划,要在今年三月携长女乘655次列车去温州一游。这一趟沿途尽是秀丽绿洲,父亲将会获得怎样的享受和满足啊!

然而就在他满怀期望,刚给三姑妈写完长信的几天后,他终因积劳成疾,在大年三十的凌晨心脏病突发,抢救无效,永远地离开了我们!

永别了,日月星辰,永别了,家乡美景!

这是父亲在遗诗中对故乡的最后呼唤。

一九九九年七月十八日下午三时,阳光灿烂,温州江心屿风平浪静。事先租好的船上,悬挂着蓝底黄字的横幅:"赵瑞蕻教授骨灰撒瓯江。"少许,载着数十位亲友、学校领导及记者的船,船上还有父亲的同班、也是他温州中学唯一的同班同学吴性慧和她的丈夫。这艘船驶入江心,从我开始,小弟随后,外孙傅鸫、孙子赵炀、我的堂哥、堂妹……将父亲的骨灰一把一把投入瓯江,眼见他和着鲜花,伴着水声,或顺流而下或没入江底。顷刻间,我的心一如撕裂成瓣也随父亲飘去了。

父亲终于魂归故里,愿瓯江上"烂漫的梦魂会年年歌吟!"①

(写于一九九九年七月,二〇一六年十一月校订)

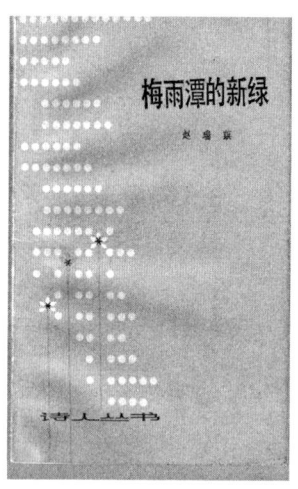

爸爸第一本诗集书影

---

① 父亲赵瑞蕻的诗《我的遗嘱》末句。

父亲的遗憾

希望自己有生之年能再写出六本书的父亲,犯了欲速则不达的大忌。那几年里,他的来信总是要掐着手指算日子,甚至祈求老天爷让他多活几年。

可他只完成了其中一本文学回忆录:《离乱弦歌忆旧游》,还是没等到出版的那一天。心脏病最忌劳累和激动,而这两样,父亲都占了。有人说他是活活写死的。

一九九九年二月十五日凌晨,我不能相信,几小时前还和他在电话里聊天,叮嘱我也好好写书的父亲,被大面积的心肌梗塞病魔带走了!

父亲留下了诸多遗憾:他想重新翻译《红与黑》,他想把他在德国四年的工作,还有当年我们旅居国外的生活写成一本书,为此他向我借了我小时候的日记本。他希望他翻译完却没能出版的弥尔顿的《欢乐颂》问世,甚至他想编出自选集,提纲草稿都列好了。那些他收集多年的藏书票,用剪刀剪的,用浆糊贴的,它们像一枚枚稀世艺术品,等待有识之士的慧眼去开掘。母亲虽然埋怨他烧掉了许多宝贵信件,但他还是很有心地保留下一些有价值的书信往来:沈从文的,萧乾的,冯至的,严文井的,等等。自从中国大陆开始有复印生意,父亲算是最热衷于用它的了。

遗憾的是人的生命有限,著书立说的事永无止境。只能让更多的年轻后辈们去继续吧!

听小弟说父亲在临终前,把家里每个成员的名字都叨叨了一遍。他最后喊道:"旸旸! 爷爷再看不到你了!"谁都知道父亲最疼爱他这个宝贝孙子,一九九一年赵旸去了美国,一走便是八年。

依我看,父亲的最大遗憾,是他还没有来得及将他和我母亲的故事告诉他的子女,从他的角度,一定别有意义。母亲说,父亲是个"幻想家",是个"书痴",更是"愿为他的学生倾泻他所有知识的好老师"。但是他是个好丈夫吗?

从此我只能接着听母亲的一面之词了。假如打比方,我母亲说的有一篓子,而父亲的话,顶多只有两行。而且也还是"一九三九年的一次文艺晚会","那张圆圆脸,那件碎花旗袍和红毛线衣"。

我们姐弟仨多希望"可爱的书桌"上的稿纸和书本永远摊开,等着它们的主人回来继续伏案工作,像以往的每一天那样。他所钟爱的藏书、藏书票、红色灯罩、美丽的杜鹃花和石榴树、活泼可爱的鹦鹉,以及所有美的景致,都等着重新回到诗人的视线里。

(二〇一六年十一月校订)

亲友们集资,由董宁文张罗出版的纪念文集

别样的红

一天下午,我坐在弟弟的电脑前。他往光驱里塞进一只小小的光盘,屏幕上顿时出现一缕缕飘逸的银发,接着,一个我极熟悉的宽阔而光洁的额头呈现了。"啊,亲爱的爸爸!"我和弟弟惊呼起来,这才记起盘面上标着赵瑞蕻的名字,原来是我们去年设计父亲的纪念卡留下的肖像素材。

晚年的爸爸在南京北京西路二号新村寓所门前

姐弟俩长久地呆望着电脑屏幕,鹤发童颜的父亲这么真实,这么亲切,又是这么美,好像父亲还健在,和我们大家在一起。父亲爱美,已是家里公开的秘密。他的自我感觉总是良好,别人到老都不大爱照相了,我的父亲正好相反,他一生中照了太多的相片,留下的照相簿足有一柜子,数量多得惊人。在南京大学中文系的追思会上,父亲各个年龄段的新老照片贴满了整个墙面。那天正值春江三月,明媚的阳光洒满了教室,到会的人们议论着父亲的漂亮,一个下午都陶醉在父亲的形象和诗作的意境中。

在五颜六色中,父亲偏爱红色。他的毛衣是红的,围巾是红的,衬衣是红的,连名片也是红的。去年为他送别时,我特意将他最喜欢又常戴的红色隐纹领带摆在枕边;整理父亲遗物时,我小心地捧起他一九四六年的译著《红与黑》,揭开写有"海内孤本"几个大字的白色书套,那浓彩的红色书封跃入我的眼帘,我不由得又想起这样一些事:

八十年代,一次陪父亲去鼓楼买袜子,他在商店柜台前转来转去,我问他想买哪种,他说只想买双红袜子。我帮他打听,女售货员问:"谁穿?"父亲忙回答:"我穿啊!"没料想却遭到一句奚落:"老头子还穿红的?"

一九九七年,我从巴黎给他买回了一顶红色的呢面贝雷帽,父亲立刻把它扣在白发上给全家人看,兴奋得眼睛冒光,美滋滋的,还带点孩童般的天真。

和父亲相处的最后一个秋天里,他叫我陪他上街买台布,书桌上原先的一块已破烂不堪。他想换块新的,铺在胳膊肘下。他左挑右挑,最后选中一块薄塑料布,三元人民币,白底儿印着大朵的红色花朵。

自然、好美的父亲特别在乎自己的仪表,每逢出门上课,或者出席会议要发言讲话,他都会在头天晚上挑选好衣服,照照镜子,看是否得体、好看。去香港中文大学讲学那年,动身前他亲自收拾衣箱,仔细将喜爱的毛衣、衬衫、西装、领带等一一码好,隆重得像准备参加什么庆典。直到临终前,凶险的病魔已迅速吞噬了他的肌体,在儿子和儿媳赶到前,他还挣扎着爬起来,把自己穿戴得整整齐齐。一九九九年二月十四日寒夜里,他急着去医院,分明是强烈地渴望活下去。他热爱生活,热爱生命,永远要求自己把最美好的形象和最美好的作品给予这个世界。

父亲走了。追悼会之后,我和弟弟设计纪念卡,妈妈特别关照要做红底色。校色时,我有意定为玫瑰红,它比父亲以往喜爱的红色更艳丽,象征在另一个世界里的父亲会活得更浪漫,更如意。

(写于二〇〇〇年二月十五日)

寄往天国的书讯

亲爱的爸爸：

书出版了。原谅我过了您的祭日才告诉您。

爸，当一行给您的献词印在冷红色的纸上方时，我正守在北京太阳宫路甲1号中煤新大印刷厂的机床旁。随着机轮转动，一张一张的纸吐出，浩浩荡荡的，二十五分钟后，八千张冷红色的纸沉甸甸地平放到冰凉的水泥地上了。

这是二〇〇一年十二月的第一天，也是周末，一个晴而寒的日子。师傅们认为作者就该到现场来盯，要不然他们怎么知道印什么色。晒版车间的暖气很差，这印刷车间里只有点热乎劲儿，我吸着鼻子，一待就是七个钟头。领班师傅安慰我说这书准好卖。

我半信半疑望着这张刚相识的年轻面孔，他一笑会露出两颗稍鼓的门牙，蓝布长款工服里是帅气的瘦高个儿。在这简陋的厂房里，每天都有各色各样的新书封皮、彩页被印制出来,他们只管产量、指标,而我沉沉的心事,小徐师傅哪里能懂?

第二天,负责印刷文字的另一家厂子的机器也开动了。十天后,书印出来了,责编小林打来了电话。

爸爸,在这一刻,我多么渴望您是看到这本书的第一人啊!要没有您的支撑,再三的叮咛,我不知道自己能否坚持写完。

您一定还记得,爸爸,我在巴黎期间,就萌发了写欧洲经历的欲望,您几次在来信中也鼓励我一定要记日记,要多看多写。那时候您就开始帮我起书名,还把柳鸣九先生写的《卢浮宫参观记》寄来给我作参考。这本书正式动笔于一九九八年秋,石湾的殷切约稿促使我集中了被琐事消磨的精力,终于踏实坐了下来。在那个明媚的九月里,我回了趟南京,我和您,还有妈,一起度过了一段非常安宁幸福的日子。那时您的三十五万字的文学回忆录《离乱弦歌忆旧游》基本完成,我们怕您太累都劝您该搁笔了,还是我陪您亲自到鼓楼邮局寄出了书稿。我还陪您出席"戈宝权翻译奖"大会,陪您去拍老年照,帮您选纸叶串儿和书桌台布的颜色。一天,您还兴致勃勃地叫我跟您到鼓楼广场去看新建的定时喷泉。您让我脱鞋在石子儿保健道上走走,虽然我觉得好硌脚。

那是我见到的晚年的爸爸最快乐的样子了!您虽已八十三高龄,仍对未来充满热望。澳门回归、国庆五十年、五四运动九十年,特别是新千年的曙光,您简直有按捺不住的渴望。而这些您绝不是为了看热闹,您是要做事,要写完三本书,要以多多作贡献来与伟大的时代相配,这也是您一贯的主张。

显然,您也在期待着我!为了我这本在当时仅仅只有提纲目录的书,您早就开始给我创造各种条件,列出当年您在德国认识的名单:中国教授学生,德国学生和女工。您还告诉我,我在莱比锡弹过的那架钢琴牌子的德文拼法。您甚至请来南大一位德文教授,为我翻译玛丽父亲的纪念册里的一些章节。我们总在一起谈啊,我的目录,您都细看过,说蛮好,就这么一篇篇写下去吧。

爸,您好像早就留意要培养自己的小女儿了,在我还是小学生时你就给我写信讲大道理,比如文字改革什么,而并不考虑小孩是否能理解。一九五六年,我们一家人住在莱比锡城马奈大街16号寓所,多少个夜晚,妈带小弟先去睡了,窗外是德意志的冬雪,我和您分别靠在床的大枕头上读书看报,那样的情景永远留在我的脑海里。第二年我们回国途经莫斯科,也是您带我一同走进金碧辉煌大剧院观看歌剧《伊万·苏萨宁》,那样隆重的场面,至今仍感到激动。我十三岁喜欢上写诗,早上醒来常会发现被您圈圈点点修改过的诗稿就放在床边。当我的处女诗作在《江苏文艺》刊登出来后,爸爸,是您激动地在封面上写下:"春天就开花吧,秋天,就结果!"从此我不仅是您的女儿,也是学生,又像是您的文友。每逢您的文章著作问世,您总要寄给我看,还客气地让我提意见。您作为父亲,竟这样的谦和慈爱,常让我感到受之有愧。

爸,您的这番苦心我在生鸫儿之后才逐渐懂得。这也是我之所以要憋住劲儿要将您和妈给我带来的童年光彩以及后来为重归故里所历经的曲折写出来的原因,我首选的题目也是您这一生的一个情结——欧洲!

那个难忘的秋天里我如福星高照,辞别您和妈妈一回京,就像开足马力似的,一连写出了十篇:《那年,我才十二岁》、《重见玛丽》……

一九九九年二月七日,南京北京西路二号新村一幢米黄色的三层旧楼一单元里,您和妈吃过了晚饭,她也许去厨房收拾或是正靠着长沙发上看报,而您像每天一样照例在挨着南窗的书桌前坐下了。这个季节的南京我知道仍然相当阴冷,院子里的石榴树一定舒展着无花无果的枝干,只是我无从知晓这一夜天上是否悬有月牙儿。想象中,您已经铺开了信纸,那张带绿横线的大信纸,墨水瓶盖儿打开了。您的白发又辉映在那盏橙罩绿柱的台灯光晕下,带一截朱红色灰笔杆的蘸水笔被您的天生粗糙的手指拿起了。就在昨天,您刚读完了从北京寄来的头一批书稿,抑制不住的兴奋,要快点给我写回信。

谁能料到,这是您这辈子给小妹写的最后一封信啊!

二月十四日下午三点是我打的长途,一是要告诉您我已收到了信,二是想提前向双亲拜年。您先接的电话,我觉察出您的声音微弱,更显得苍老,您说不大舒服,其实您的胸口疼痛已有几天了。但您仍最惦念我的书,您说:"妈妈这会儿买面包去了。你接到信了?哦,你很感动?你抓紧把这本书写完,今年出版。""稿子我今天本来想给你寄来,妈妈说她还没看呢,等她看完再寄,没关系吧?"您又问。

十一个小时后,大年三十的晨曦尚未升起,大面积的心肌梗塞无情夺走了您!爸爸,在您撒手人间的最后一刻,您喊着家人的名字,还牵挂什么?

一幅图景在我眼前顿时出现:也是冰冷的水泥地,您躺在鲜花簇拥的床上,二百多人冒雨赶到南京南郊为您送行,那一刻您听见贝多芬的《英雄》旋律在告别大厅里低低地回荡吗?

您知道您的宝贝女儿一次次在凌晨哭醒吗?

我对自己说,振作起来!接着写下去。您人虽去天国,仍在等着我的书。又一个金色秋天来临时,我又坐回桌前。有您督促的声音天天萦绕在耳边,我键盘下的欧洲故事在不断延伸。那是离我们很远的一个大陆,它被大西洋、地中海环绕着,它历史悠长、人文荟萃,有着数不清的珍贵遗产,它却不幸遭遇了两次世界大战的涂炭。这就是欧洲!我怀念它,不仅因为那儿有我儿时的足迹、父辈的脚印,倾注过我稚嫩的却很真切的情感,更重要的是,我未来的人生选择是从这块土地上启蒙的。写作过程就像是捧出一只深埋在海底多年的宝瓶,我小心翼翼地、一点点地开启。

我知道爸爸您仍在身边支持我,我整理您的剪报堆,发现您积攒了那么丰富详实的二战史料,对我太有用了。一次我重翻看您生前来信夹子,一张纸条突然抖落出来,那上面满是我的笔迹,潦潦草草的横七竖八地记录了一堆,细看全是关于当年中国外派教师的情况。我的脑子顿时"嗡"了一声,才记起这不就是我做的您的电话记录吗?真的,爸,我有多少问题需要靠您来核实啊,那么多的老照片需要弄清时间地点,一张您和德国学生的合影,您曾答应帮我填上他们的名字的,现在我只能凭猜测,这是葛柳南吗?那,也许是伊尔玛?

爸爸,现在我要告诉您最后定下的书名是《拾回的欧洲画页》。我一改再改,总觉得不够达意,末了还是妈在电话里提醒了一个"拾"字儿使我豁然。您不是说过喜欢我的那张在巴黎街头俯身给雕塑艺人投币的照片吗?寻找散落在欧洲的画页真有点像这种感觉。宪益舅舅说书名翻成英文不能太长,用 sketches 可以表示写生、速写和随笔什么,连起来就是 European Sketches。他还两次帮我校对这本书里的外文,拼写错的或用法不当的,一厚摞稿子重重压在他瘦瘦的腿上,可他偏要一连气儿搞完,我怎么劝他都说没关系。妈和阿姨告诉我舅舅就愿意帮助年轻人,他高兴年轻人多出成绩。

可是我不再年轻了啊!爸爸,在你们长辈眼里我永远是孩子,可我知道自己现在做的所有事都是迟到的!年初二晚上我和妈一起看凤凰台的《马友友传奇》,他五岁学习大提琴,十六岁登台,很年轻时就已经和世界顶级音乐家合作,能用一口流利的英文谈音乐的奇妙。而我在他这个岁数时却在遥远的砬子山下种苹果,连画张速写都会横遭批判。但我从不后悔过去经历过的苦难,对我来说那是一笔珍贵财富!爸爸,您曾一再告诉我,个人是社会的人、时代的人,您让我懂得了,每个人都该去担负责任。所以我要多写,写光明,也写黑暗。

取样书的那天恰是"九·一一"三个月,美国和世界各地举行了悼念活动。我把书放在您的纪念卡前,这封面选用了我十一岁画的莱比锡马奈大街的速写,乳白色底、您拍的我那张站在莱茵河边画画的黑白照片镶在玛丽写的小纸片上,由小友吴文越设计。那一刻,妈帮我点亮了蜡烛,她什么也没说,她明白小妹的心愿。您分明在烛光下微笑地望着我,对不对?

今年春节,我们邀请了十二位五十年代留学德国的学生来家聚会,他们的头发都已花白。赵苏发给每人一本我的书,现任德奥分会会长的陈汉丽阿姨,提议大家按四十余年前在莱比锡拍照的摆法重拍一遍。可惜没有您。

爸,新千年那天清晨,我赶到大街上替您拍下了第一道曙光。您的纪念文集已在去年出版,书名正是您的同名诗稿:"多彩的旅程"。这是情谊凝成的文字,大家忙了一年。妈妈写的编后记棒极了,短短的几百字把您刻画得入木三分。她现在过得很充实安宁,每天读书写文章,用功得像个女学生。她冬天在北京,清明后回南京,那时家里的石榴花该开了。

这本《拾回的欧洲画页》从年初开始,已经在全国大小书店里销售了。《作家文摘》的"书林漫步"选登了《引子》。朋友们写信或打电话纷纷向我谈读后感,袁鹰老师、丹娃、范弘、王崧写了书评,《读书时间》还做了电视专题片。所有这一切都使我深为感动。

爸爸!我幻想有一天,您能推门走进一家书店,在"中国散文"架前停下脚步,然后笑眯眯地拿起一本对人说:"这是我小女儿写的,我等了她三年。她可是个好女儿,我为她骄傲!"

谢谢爸爸!

想念您的小妹
(于二〇〇二年清明,二〇一六年十二月修订)

为田钢淘到爸爸诗集画下心中的慈父

最后的书桌

那年爸爸突然走了,每天准点坐下准点离开的书桌,还摊开着许多笔墨书本纸稿,似乎在等它的主人第二天还会坐下来接着伏案用功,和每天一样。

半夜的噩耗,我凭记者证才买到机票从北京赶到南京时,也只能在江苏人民医院的太平间里见到爸了。

赵瑞蕻临终前的书桌

突如其来的变故,将我们全家人撞击得懵掉了。那几天谁都不忍心去动爸爸书桌上的东西,我想自己唯一能做的,便是以从小训练的速记能力赶紧将这桌上所有的、尚带着故人体温的物件一一记录下来:字典、书籍、剪报、稿纸、笔记本、电话簿、阅过的或没来得及打开的信件,包括信封、写好的还没来得及寄出的信,爸喜欢收集的明信片和藏书票,还有糨糊瓶、墨水瓶、放大镜、几支红色蓝色的蘸水钢笔,印着繁体字赵瑞蕻的橘红色名片只剩一张,这是我给他印的,他很喜欢,还托我加印……

爸爸留在书桌上的实在太多了,我记了满满一张纸也写不完,粘接了几张纸变成一长条才写得下。记完后我复印了三份分给姐姐弟弟保存。我还从书桌下的纸篓里掏出已被爸撕碎的纸片,他和妈一样,喜欢随时处理自认为可以不要的纸质物,比如公文来函,多余的废稿等。过了十八年,这些大大小小的碎片我至今还留着,也并没去拼凑,核对,或是修补,仿佛要留着一点神秘空间似的。

其实我最想做的事是永远保留下爸爸这张老书桌。这是一九六五年我家搬到鼓楼二条巷(现在叫北京西路二号新村)后,妈用六十块钱买下的。妈说具体时间是哪年也记不得了,反正是在"文革"前。别看它便宜,木质不错,抽屉又多很合用,爸爸很喜欢,就一直没换新的,直到它老旧不堪。其实外表也看不大出,因为它总是被一块大桌布覆盖着,桌布并不高级,是塑料质地可以擦的那种。后来桌布也旧了,爸爸长年伏案工作已将布面的色彩磨淡,花纹变模糊了。一九九八年九月,我陪爸从北京回到南京,一天他叫我陪他上街去买新桌布,这真是稀罕的事,他特别节省,轻易不会更新什么家用品。也许他是乘我在身边,我知道爸很相信我的审美。离世前的五个月里,他一直在我帮他挑选的这块紫荷色调带图案花色的桌布上工作。

一九六五年至一九九九年,使用了长达三十四年的书桌,除去到农场那几年,一位学者、作家在这上究竟做了多少事实在无法计算。我离家太早,不在爸爸身边,不仅老人每日的生活起居和日程安排无法滤清,更谈不上那些喜怒哀乐了。

但至少可以判断一九九四年爸爸写的一份自传定是在这张书桌上完成的。全文五千字左右,十月初稿,十一月二十八日修订,这天恰是他的七十九岁生日,是巧合还是有意为之,就不清楚了。除了各种政治运动中爸爸或许写过什么交代个人经历,这篇大概是他平生以来唯一的称得上自传的文字吧。现在我猜想这份自传一定也是在这张书桌上完成的。二〇一二年我在编辑他的遗著《离乱弦歌忆旧游》时让它成为全书的首篇。

爸爸自传是从他的笔名写起:"曾用笔名阿虹、瑞虹、朱弦、朱玄等。一九一五年十一月二十八日(农历乙卯年十月二十二日,属兔)生,浙江温州人。"阿虹用得最多,妈妈常叫他阿虹,好像杨家别的长辈亲戚也这么叫。

接下来讲家况。他的父亲赵承孝,母亲林蘩,也就是我未曾见过的爷爷奶奶。在爸的描述下,我走进了一个浙南的经营茶叶为生计的殷实人家。不显赫,却务实而自足,具有典型的中国传统家风。几代人不分男女都有诗词字画造诣,三姑妈能画花卉,到老还能写一手好字,像她本人一样秀美。尤其是爸爸的二哥,我们叫二伯父的赵瑞雯,曾在中学时上过朱自清的语文课并留有先生批改作文的笔迹,这件事让这个家庭传诵、得意了许多年。

爸爸学前先在家里跟一位老先生学了一年山水花鸟画,而后就读后列为"模范小学"的学校,打下良好的基础。一九二九年,他因优异成绩被保送进温州十中,也是后来最有声望的温州中学。一九三二年爸爸考入本校高中部,他开始受到激进思潮影响,与六个同班生发起组织了"野火读书会",主要宣传抗日救国,我想这多半激发于"九·一八"国耻日吧。次年,同学们推选他为学生自治会学术股长和校刊《明天》的主编,激进和学术并存在一个十八岁爱国青年的身上,进步刊物上已经开始展露他的诗才、钻研精神和对外国文学的热忱,而这些精神文化追求决定了爸爸后来的一生。

一九三四年,爸和校内外同学们出版的又一本进步刊物《前路》被迫停刊。爸爸写道:"我父母非常紧张,深夜和我在灶间烧掉三四百本还未发出去的两期《前路》。"据爸的同乡同学李欣伯伯讲,他和我爸在中学都很追求进步,他毕业后上山打日本鬼子去了,而我爸走的是治学道路,从此再没联系。直到上个世纪五十年代他们在东德重逢,两人已是为新中国建功立业的栋梁之材了。李伯伯说的治学,是从一九三五年开始,爸先入上海夏大读书,而后于一九三六年考入山东大学,继续他钟爱的外文学习,直到"七七事变"。从爸的自传上看,爸进入大学后,并没减弱对国事关注的热情,反而更加活跃,组织"五月社",秘密出版《中国青年行进》刊物,"永嘉青年战时服务团"。在鲁迅逝世周年大会上,爸爸还做过演讲。这在我们姐弟仨看来简直不可思议,因为我们印象的爸爸是个文弱甚至懦弱的书生,他还有过那么勇敢的英姿?爸爸晚年几次跟我讲旧日往事,都会提到当年读书会的四个女生,六个男生,他在一张合影老照片背后写上他们的名字。其中班长女生向枫,是爸爸这班被学校戏称为"凤头龙尾"的"凤",而那个"龙"就是我爸。都不在了,不在了,他说,好几个都牺牲了。每每说到这,爸很感伤。

自传接下来便是爸爸这一生最怀念时期之一——西南联大。他在生前不惜笔墨一遍遍写回忆文章。爸比妈幸运,他当年提前到了长沙,亲历了联大的前身——国立长沙历史大学的组建,在南岳衡山中优美的环境和国破家亡强烈对比下,师生们群情激昂坚持为国治学的氛围。长沙之战是惨烈的,多少国军将士为保护这些未来的知识精英付出了生命代价。父亲更幸运的是,在西迁昆明途中,困于校舍奇缺,联大的文、法两学院暂止步在云南蒙自边城,却带来了自发结社《南湖诗社》的机遇。爸在自传里还特别提到半个多世纪后的一九九〇年,蒙自恢复"南湖诗社",造了纪念亭,他被聘为名誉会长之一的好消息。

一九三八年九月,文法两院回归昆明联大。爸和妈的回忆里都没有联大开学典礼这一

爸爸在昆明西南联大被同学们称作"年轻的诗人"

细节,不管怎样,在入校的新生中,我的双亲是这二千多名流亡学生的天之骄子之二,并且同属外文系(外国文学系),爸是二年级,比妈高一班。我妈好说我爸来自山东大学,联大合并的三所名校,哪个也沾不上。我想既然称为联合大学,说爸是清华的,也不算夸张,要不然为什么后来清华的校庆活动都要邀请爸出席呢。

赵瑞蕻和南湖诗社的年轻诗人们

爸爸心中始终有一批他崇拜的历代大诗人名字,他们曾与温州的名山佳水结缘,这让生长在雁荡山麓和瓯江畔的他每每提及不无自豪。爸好说自己是"从山水恋到诗之恋",自传里他用了很多笔墨介绍他的诗作受到朱自清、闻一多、沈从文先生的直接指导和推荐发表,这些诗大多是怀乡、谴责日本侵略的暴行,像《永嘉·园之梦》,朱自清认为是一篇力作。即使在战时他也写过唯美抒情的诗,如一九三九年秋在昆明写的《遗忘了的歌曲》,一九四四年五月在柏溪写的《金色的橙子》。柏溪是抗战时期中央大学分校的校址,也是爸从联大毕业后教书生涯最后一所、待的时间最长的学校(中央大学至南京大学)。

从昆明到重庆,爸爸经历了离乱的颠簸,仍不改文学理想初衷。就在柏溪,他除了教课,还编注教材,翻译名著,一九四四年第一个中译本《红与黑》在此完成,时年二十九岁,那是他文学创作的鼎盛,按他自己的话说是:"写作和翻译的一个丰收期!"

抗战胜利,复员去南京,南京解放,中国几个重大历史转折,爸妈都赶上了。虽然当隆隆炮声包围南京城时,爸爸也害怕过,听妈说爸有过带妻儿回温州老家躲一躲的念头,却被舅舅的义正词严给吓住,再也不提。毕竟他们这代追求民主进步的知识分子,不言而喻会憧憬崭新的社会。恩师闻一多被暗杀,爸写下诗篇《遥祭》、《从烛光到阳光》早已决定了他的立场。一九四九年四月二十三日解放军攻入南京那一刻,爸妈是相拥着齐声欢呼:"天亮了!"

和千千万万拥戴新政府的中国人民一样,解放初期的爸爸热情似火,创作了许多应景的颂歌。记得他为舅舅的小女儿、我的表妹写下一首小诗《给杨炽——为一个出生的女孩作》这样写着:

> 你生在这人民革命大胜利的时代,/你生在火凤凰一样的国家,/你的爸爸为你取了个光亮的名字,这名儿就象征你生命的火花。/你的小生命开始与人民中国的开始,/你第一次睁眼便快乐解放的圣火;/仿佛是春天枝头第一粒蓓蕾,/红嫩的生命已蕴藏着明天的花朵……

作诗那一天是一九四九年十二月一日。

显然爸的天真和爱国情怀很快适应了新形势的脚步。他迷上了苏联诗人马雅可夫斯基,到今天我还记得那首长诗《弗拉基米尔·伊里奇·列宁》,诗人由崇敬到幻灭,也许这正契合了爸爸浪漫的诗人气质。

自传里一个重要部分在一九五三年至一九五七年,那是爸爸这一生引以为傲的四年,一段独特的域外经历,让他为新中国赢得了荣誉。我能有幸在爸爸出国的最后一年陪伴他,还有妈妈和弟弟,一九五六年我已是一个懂事的小女生了。过了很多年,一次爸爸突然向我借我在德国期间的两本日记,开始我不知道他要做什么,要知道它们是那么幼稚还时时中断。他离世后我整理遗稿时才重见我的日记和一份《讲学笔记》提纲,爸爸是有心写他的德国往事啊,可惜太迟了!

爸非常热爱他的教师职业,他是个了不起的好老师。在自传最后部分详细写了他在中西比较文学上的建树与成果。是他认定中国的比较文学从一九〇七年起步,提出鲁迅的贡献。一九八〇年,爸和杨周翰、李赋宁一起提出开展比较文学研究的倡议,为此,他身体力行,除了写成《鲁迅〈摩罗诗力说〉注释·今译·解说》专著,还带出了三批研究生。他的足迹踏遍大江南北。

值得一提的还有爸爸晚年的一百五十首八行诗体《诗的随想录》,这是受巴金《随想录》的影响。他一改以往的文风,所思所想,直抒胸臆,爱与憎,歌颂与鞭笞,畅快淋漓。他说我老了,还怕什么?

不知什么缘故,爸爸没在自传里提"文革",一句也没有。那是整整消耗掉我们每个中国人十年的灾祸啊,爸爸不上课了,靠边站,唯一能做的是编过三本鲁迅选集。在注释里,他不得不违心的按照当时的一切以阶级斗争为纲的口径来写。比如对巴金的注释,显然烙上了"文革"印记。也许爸爸不堪回首,因为这十年与他致力的学术毫无关联。

一九九四年,爸爸从第一次发作心脏病恢复刚三年。这场大病让他深切感到自己的时日不多了。可以想象,爸爸伏案写下这篇自传出自怎样的心情。显然,他是要提前向家人、学生、同仁和读者做一个交代。

他做到了。

晚年的爸爸对时光流逝有点焦虑,这种紧迫感越到后来越强烈,他每日的工作量也越来越大。最后那几年的信里他总喜欢说老天保佑他多活几年这样的话,这样他就可以再完成六本书。这六本书自然包括他不满意年轻时翻译的《红与黑》,他也不满意别人翻的,他要重译。他想翻出一本最"信、达、雅"的译本,才对得起这本世界名著。因而他译时要参考各种语言的各种版本,进展很慢。加上白内障严重,看字典要用放大镜,非常吃力。后来去开了刀,他兴奋地写信告诉我,还用了"大放光明"四个字。九十年代,电脑还没普及,爸爸每翻一章,他的研究生唐建清就帮他打字出来。一共翻完十章,他就走了。难怪我在清理他的遗稿时,看到这一包的外面用红色大字写上"死不瞑目"并且标了三个惊叹号。我知道这是给我看的,他越到晚年越看好我这个女儿,知道只有我懂得他的心思,能帮助他完成未尽心愿。其实很惭愧,我这代人知识缺失的太多,外语能力普遍很差,年轻记性好的时候不让学,年纪大了,记性减退了,工作、家务又很繁重,错过了许多学习机会。所以每当看到家里这么多外文书籍资料,有心也使不上。

一九九八年冬天,爸爸为南大出版社《新世纪活页文选》写了万余字的《读济慈的〈夜莺颂〉》和《读雪莱的〈西风颂〉》。岁末,钱锺书走了,他写悼念钱锺书文章。次年年初,萧乾走了,他又写了《我们失去了一个翻译健将》,这也是他留在世上的最后墨迹。可是他最终没有完成他呕心沥血之作《离乱弦歌忆旧游》。有人说"赵先生是写死的呀!"

当我终于发现想要在南京这样潮湿发霉的地方存放这张旧书桌是多么不切实际,也曾幻想将书桌运到北京,虽不敢奢望像中国现代文学馆永久陈列鲁迅、巴金、郭沫若、老舍、茅盾、曹禺的物品那样,我在自己的家里传代藏着总可以了吧。为此我还打听过铁运物流的信息。

为我的设想,妈让她的家务助手小陈将书桌先搬到院子里的车棚里暂时存放,她声称"这是小妹要留的",意思是谁也别动。电话里她老问我,你什么时候拉走啊?大姐还找人问过修理之事,因为这书桌年久失修缺胳膊少腿的,早散架了。

事情拖到二〇一四年,为迎接青奥会在南京召开,这个一向宁静的大学小区顿时被搅乱,在那一年变成了尘埃滚滚的大工地。妈妈自投五千元盖起的只存置旧书刊杂志的车棚也遭到了被拆除的威胁。

爸爸书桌怕是保不住了!

大姐劝我算了,她说太破了,没有必要再留了吧。九月,我恰好在南京,一早,大姐找的收破烂的师傅来拉书桌了。这桌下早成了流浪小猫一家人的大本营,动这块领地,等于要端它们的窝了!

推车就在小院铁栅栏门外候着,在猫咪妈妈惶惶惊恐下,爸爸的书桌被拉走了。

终稿前,妈妈听说我写了《最后的书桌》,直说"太好了!"她说你爸闪光的事,去医院探望南大中文系的贫困学生算是一件吧,那天他非要亲自去送钱。还有你爸喜欢送年轻人《爱的教育》①,她又说。

(二〇一六年十一月三日初稿,修改于父亲一百〇一岁诞辰前日。二〇一七年一月十九日补充)

---

① 意大利著名儿童文学作家埃迪蒙托·德·亚米契斯的一部日记体小说。问世以来,享誉世界。

爸爸手稿的意外发现之一

去房山工作室查燃气的那天,我更大的心思是查找一下装有爸爸遗物的纸箱。这五个大纸箱寄自南京,寄者是我,收者还是我。每逢回南京,我总要往北京自己的家里寄出一批,这也是妈妈交给我的任务。几年下来,我带到北京的纸制品不计其数。城里的家如斗室,书画堆积,只剩下人走的道儿。挪至五十公里外的郊区,只是表示会有那么一天,自己能安安静静地坐下来埋头整理,无尽享受面朝西山日出而作日落收获的幽静。

其实这个日子遥遥无期!

前时,上海图书馆索要一份爸爸的手稿,据传他们说不能缺少赵瑞蕻的。向我妈讨,我妈说此事归我的小女儿管。等到我明白此意,该馆的手稿展览、开幕和付梓在即,为时晚矣。补救的办法便是十二月中旬在北京商量收藏事宜,因而当务之急要找出一篇爸爸的手稿备用。

出发时天尚好,儿子爹开车找到了一条捷径,从航天桥一直往西,上五环,过永定河时卢沟桥横跨在五百米外。到了杜家坎镇绕过环岛走ETC通道,直接就进到收费站里侧了。"车夫"因省五元买路钱正得意,起雾了,天空顿时像一张无形的灰色网,越往南开雾越大,他说这是PM2.5的集团大军。

能见度似有似无还有改观的盼头,爸爸的手稿不能似有似无。爸走了,我也老了,记性一年不如一年,常会发生自己吓自己的事儿。

假如爸爸的手稿有点闪失。不敢深想……只觉心口一阵发紧。

开进小区爬上六层的第一件事就是到各屋搜纸箱。墙边,床边,楼上楼下,犄角旮旯一通乱找。十分钟后,还是儿子爹眼尖:"这不是嘛?"他说。我赶紧奔去,一撩眼熟盖有南京邮戳从未开启的纸箱,码得足有两三米高,就摆在走廊边小屋的墙角。这才记起当时存放时生怕被盗,我有意"藏"此。它们被冷落几个四季,已等候我多时了!

头一回打开存放的纸箱,一股江南特有的霉味呛鼻。久违了爸爸的遗物!触摸这冰凉、寂寞、脆弱的纸物,如同坠入十二年前诀别之境。这些文稿、论文、信件,完成的,待改的,圈圈点点的,涂涂改改的,包括他仔细留存的剪报,乘过的车票,参观过的门票,包括他翻查过的家乡地图……件件历历在目,每一件都浸满老人家全身关注的热忱,我仿佛又见到爸爸孩童般眼神里的叮咛和期待。

一股暖意伴着酸楚涌出……

像是上天安排,刚打开第一个纸箱,特为我准备好似的,我意外地翻出爸爸的一篇相当完整的手稿!这篇九页绿格稿纸,题为"永远保持一颗童心",副标题——"与小学生朋友们漫谈语文学习"。

爸爸写道:"我虽然已是一个八十岁的老人了,但我现在还很喜欢写点东西,还能经常使用笔墨记录,从生活或读书中所得到的一些感受,心得体会;描绘我所接触的自然风光,山水美景,表达它们所给予我的生动教育,等等。这一切都离不开语言文字。我们必须很好地掌握祖国语言,运用自如,恰当妥切;努力做到文理通畅,词能达意,正如十九世纪英国浪漫诗人柯勒里奇所说的:'最好的词语用在最好的位置。'……如果你们以后能够自由地流畅地抒写自己的思想感情,叙述自己随时随地的所见所闻等等,那多好,多么幸福啊!"

爸爸博览群书,他写文章总爱引经据典。这篇文章里提到白居易的《长恨歌》、《琵琶行》;提到孟浩然的《宿建德江》、王维的《鹿砦》、柳宗元的《江雪》、刘长卿的《逢雪宿芙蓉山主人》;特别是影响他最大的"我国第一个山水诗人、大学问家谢灵运",和他的《登池上楼》。鲁迅的经典名句:"盖人文之留遗后世者,最有力莫如心声。"朱自清描写梅雨潭的《绿》,更是爸爸向孩子们竭力推荐的。"我一直认为如今小学生不多读祖国优秀的诗篇是一个极大的缺陷,也可以说是个不幸。"

爸爸最后写道:"我最近写了一首很长的诗《八十放歌》,其中有两句是:'最可贵的是永远怀抱着一颗童心,最憎恨黑暗的是最光明的歌声。'你们懂得我这点意思吗?"

照理到这儿,文章该结束了,可是下面他涂掉了"这是"两字,又写了三个字:"我努力",却又中断。是有话还要说吗？我不得而知,下面的大半张稿纸完全空白。没有写作日期,推算是一九九五年,他刚过八十寿辰。

抚摸稿面,八十老翁笔下的字迹依然那样清晰有劲。我庆幸自己寻到了手稿收藏的典范！

正经练过书法的他是家人当中字写得最好的。虽然他长得清秀并不那么帅,但他的字帅气。这篇手稿延续他做学问一向的严谨,书写一丝不苟,包括标点符号,字字斟酌。爸爸喜欢用钢笔,蘸着墨水,因而他的手迹饱含深深浅浅的墨迹。我甚至认为爸爸的字形像他飘逸的白发,字行像他的步履,缓慢而有重量,似乎在渴求每一步脚印的内容,就像他终生追求着完美纯净的文学理想。

一个画面浮现在眼前,那不是朱自清笔下的《背影》,而是爸爸趴在书桌前用功的背影。

爸爸生前电脑还没普及,他常年辛苦地用剪刀和老式浆糊粘贴修改。社会上刚有复印,喜欢留底稿的他,亲自到附近的小店复印,小店的夫妻俩至今还记得他。爸爸早就开始将自己一生文稿分包归类,但已无精力细整了。文稿的每个封套上都用红蓝色笔注有内容说明,这分明是给我看的。

无论世界怎样扩大了乔布斯的作用,小小芯片怎样地能容纳世界,电脑即刻便可吐出纸质的,有个词能说明本质:那毕竟是COPY(拷贝)。

爸爸这代文化人一个接着一个走了。他们的经历和学问是中国二十世纪的一部现代史和文学史,不留传于世,是后人的最大憾事!

作为爸爸的爱女,我为这些年忙自己的事怠慢了老爸的厚望深感内疚。

从今天起,我要开始启动对爸爸遗稿的整理工作,哪怕一天一篇、一封信,哪怕每天只打出五百字。写下此文,以鞭策自己完成这一神圣的使命!

(终稿于二〇一一年十二月五日寒冬雾天,二〇一六年十二月校订)

爸爸手稿的意外发现之二

为什么每次面对爸爸的手稿,都会泪水涨满眼眶?

这次还添了一份感动,这是因为两位小友安璐和华丽。

二〇一四年七月三日,一场抢救文化遗产的惊心动魄的行动在房山窦店水墨林溪小区悄悄进行着。

这些年陆陆续续从南京运来的爸爸的材料几乎堆满一房间,几次想去整理,也发过毒誓要开始动手,但终因一个人精力有限而无法兑现。

像是天上飞来的福音,二〇一三年秋天我家来了一位年轻的编辑安璐,她快人快语,认识久了我向她吐露自己的困惑,她悟性很高,马上意识到这件事的意义,便在百忙之中抽时间要陪我去看个究竟。

五十公里路程,安璐怕我累主动驾车,以一百迈的速度向京城南部开去。那天天气异常炎热,居所没有空调,我们先去超市买来电扇架起。两个能干的小友还勤快地把地板好好拖了一遍。靠墙的长桌,我们仨各坐一边,

昔日的学生在恩师沈从文北京寓所聚谈

她俩年轻有力气,拆开那些堆满半间屋的纸箱,每捧出一摞搬上桌,由我来判断内容,一起分析,然后归类,装进封套,华丽在封套外再写上文字说明,一一码好。如此流水作业,箱里渐渐空了,桌上的文件包越堆越高。

爸爸遗留下的材料异常丰厚,涉猎诸多领域。有诗歌、散文、翻译、文学评论、讲学笔记和不算多的日记。爸爸爱写信,写了一辈子信,他写信的对象很广,老师、同乡、朋友、学生、读者、家人,像他和师长沈从文、钱锺书、冯至及萧乾先生的通信,冯至女儿整理她爸的东西时还发现了几封寄给我。家书是我家一大财富,上个世纪五十年代爸爸有四年在国外教书的经历,他和我们姐弟仨的早期通信,在他生前两年已经移交给我们了。爸爸直到临终前还在写信,一星期前是给我写的,信中表扬了我,鼓励我写作下去。三天前是写给我三姑妈的,他早年求学时姐姐姐夫帮衬过,他的感恩我理解。一天前是写给小弟的儿子、我的侄子旸旸的,孙子出国八年未归,他好想啊。爸爸写信和妈不同,他的信充满激情和学问,我笑说他是报喜不报忧,足可谓正能量。我确信爸爸大量珍贵手书淹没在这箱底,清整工作远没开始,我已感到繁重和压力。

最让我难堪头疼的是爸爸的译稿,那是必须具有外语能力、还不是一般的水平才可以看懂的啊!法语的《红与黑》、俄语的《土库曼的春天》、英文的《帕尔曼修道院》⋯⋯我们三个今天来房山的女人,安璐是七〇后的大学生,比我和华丽强些,可她能读外国名著原版吗?

爸爸还藏有大量的纪念物:墨迹、请柬、书笺、便条、明信片、学生论文的批注、带眉批的报告讲义,甚至还有出席文代会的代表证、公园门票、戏票、车票和地图。爸爸喜欢摄影,留下的黑白底片,135的,120的,国外照的,国内拍的,数也数不清。特别是经他手拍下的我们小时候那么些生动可爱的样貌姿态,将我带回那一去不复返的幸福童年!

爸爸真是什么都留啊,夹在本子里的,装进信封里的,一捆又一捆,密密麻麻,记录着多少往事烟云,他一定期待我为他一一保存下去,虽已运到北方许久,仍能闻到南方带来的霉味夹杂着北方的尘土味!

这个酷热难当的盛夏,从上午到下午,我们齐心合力一共粗略清整出二十九包爸爸的文字档案,也就是二十九个类别。一位活了八十三年的老教授、老诗人、老翻译家存留下来的几乎全部纸质物的整理工作,毕竟已经开启!

写到这,我不禁鼻子又酸了⋯⋯

(写于二〇一五年三月十三日,北京似晴似云的日子,次日修改)

爸爸手稿的意外发现之三

今日小雪。刚经历了同期三十年来最冷的风寒,我和华丽又一次驱车去房山画室。除了我需开通燃气供暖,更重要的一件大事是要找一找正写的新书里所缺的材料。

数月没过去,京港澳高速路上明显添了新貌。秋冬换季之交,一边杨树叶落光了,一边冻黄了的柳树依旧浓密。宽阔平展的路面上,新近划出的公交车黄色标识和城里一样。从苏庄往南延伸的城铁,眼看要通车了,华丽说,那鼓出的怪异建筑,便是城铁站。距离家门最近的大窦桥就设了一站,让我期待。

上回离开爸爸材料存放的房间时,明明都关了窗,摊在桌上的一包包材料还是落满了灰尘。不知何时飞进屋的三只麻雀,干瘪的小尸体东一只、西一只地躺在地板上,让我好心疼。

其实为写新书,我急需找到的史料就这么几种:一、记载"文革"初期南京大学造反派学生考教授的旧报纸。

二、爸爸在东德讲学期间的信件。

我暗暗祈福自己,今天会有好运!

查找开始了。我和华丽一老一少,一向配合默契,她开窗通风清理现场,再用抹布除尘。我一包包查看,再把要带走的部分交给她装好。好在上一回我们来已初步分了类,每个纸袋上都有文字说明,当然以爸爸自己标注的为多。我只要凭记忆去翻看,应该不难。

很快,一包旧报纸的口袋被我打开,唯一的一张印有红色的特殊时代的报纸跳入我的眼帘:头版上端是"大海航行靠舵手"的红色手书体,两句口号和毛主席在万面红旗上挥手。显然是刻板制成。下面是一篇本报社论,文章中央是本报报名——八·二七战报,也是红色的。下面粗黑字是:"南京大学八·二七革命串联会宣传组主办,第89—90期元旦特刊 1968年1月1日。"《红卫兵考臭教授》全文赫然印在第三版,并附一份"一级教授陈中凡试卷"。

这份报我早先见过,觉得稀有珍贵便收起,时间久了,却淡忘了是哪家报,又不知放哪儿了无法核对。今天这一细看,立马纠正了我以为当年考教授事件是发在《南京日报》上的错。

爸在德国的材料是在一个装得很鼓的南京电视台的牛皮纸文件袋里。上面粘了一张手掌大小的白纸片,蓝色钢笔字写着:"一九五三年秋——一九五七夏在民主德国莱比锡大学讲学时期的日记、书简、家书及其他材料(赵蘅日记等)。每一项内容都加有红色的小圈表示重点。"家书"二字是后补的,也是红字。以上下端的左侧有一行大红字:"珍贵资料,妥为保存!"又用红色标了九个小圈。右侧是蓝字"赵瑞蕻记"。左上角还有用红字写的"拟写一本《讲学日记与家书及其他》书（约二十万字）"，并用曲线框起来。小心翼翼地捧回城里的家，初翻一九五四年爸爸给妈妈的信，已被来自六十二年前距离两万里那扑面而来的深深思念感动不已！

这趟意外惊喜的远不止此，我们还集中了爸爸的几本外国名著的译文包。它们是：

《红与黑》（未完成新译本手稿，由研究生唐建清誊写）、《梅里美小说选译》"伊尔的维拉斯"等（发表旧书稿上有修改待定手迹）、《伊丽莎白女王情史》（一九四六年旧译稿发表影印件题为《伊利莎白女王外传》、《伊利莎白与伊利莎白的时代》（译文手稿）。

弥尔顿的《欢乐颂与沉思颂》插图原版书（中译本已在爸爸逝世后由译林出版社出版，印刷两次）。

一九五二年版《土库曼的春天》中译本三册。其中一册的封面麻麻点点，细辨认，分明是虫子咬过的痕迹。还有一册由上海文友韦泱先生所淘。书脊上粘有公家的编号签，足见是被淘汰的。二〇〇四年我妈代签答谢。扉页上我妈写："谢谢韦泱先生'淘'来这本小书　杨苡 2004 年 10、4。"韦泱在下面写："请杨苡前辈存念！韦泱 04、11、28。"

这年的十一月二十八日，恰逢我爸八十九岁生日。

一捆信札，社会科学院笔记本的牛皮纸封套上，左边用红字写上"最佳书信（保存）"，保存二字下标有红圈，中间靠右用蓝字写上："戈宝权、孙章珍、郑敏、李何林、严辰、唐湜、王瑶、王士菁、莫洛、季镇淮、孙昌熙、罗荪等书信。"

还有单独的冯至信札包和郑敏的信札包。

爸爸自制的部分藏书票。

未发表的赵瑞蕻诗稿手迹一包。深信有一天打开它，又是一份珍贵的宝藏！

……

所有这一切的清理工作都有待我在有生之年完成。好在还有年轻我四十岁整的华丽鼎力协助。

至此，启动整理、编辑、出版赵瑞蕻（学者、翻译家、诗人）的浩大工程，在这个阳光灿烂的冬日实实在在地开始了！

爸爸译作之一

（完稿于二〇一六年十一月二十四日，修改于老爸一百〇一岁诞辰日）

书生读吧访谈
——我们不能选择父亲

赵蘅：自去年出版了《下一班火车几点开？》后,身体一直不太好,今年主要是想着多画画。我有两支笔,一个是文笔,一个是画笔。最近一直在画画,一下子回到文学这个领域当中有点儿突然。书生网去年已对我和我的父母做过调查,搜集了一些材料。我的妈妈在南京,我妈听说了你们的书生网,说这是件正经八百的事情。有我妈在后头撑腰,你们的活动我应该支持。

这个座谈会主题开启了在我心里埋藏得很深的一些东西,一些伤痛,因为我的爸爸走了八年整,可以说他还没有迈入新世纪的门槛就走掉了。你们这个邀请弄得我这两天老想这件事,我曾经对自己要求,每年写一篇纪念父亲的文章,但是忙忙碌碌,没有做到。这几天我在自己的文库里搜寻,竟然还有五六篇散文式的东西,对父亲的怀念也好,还是对他的回忆也好,应该说我还是写出来了一些。有几个题目可以注意一下,比如《送父亲回故乡》。我父亲是温州人,他去世的十年前写了一首诗,我们后来把它作为遗嘱,他说让火焰拥抱他,肯定是要求火化,另外他说请把骨灰撒在梅雨潭中,梅雨潭在温州,他曾有诗集《梅雨潭的新绿》。后来我和我的弟弟,还有孩子们把他送回了故乡瓯江。我还写了《父亲心中的色彩》,父亲虽然年纪越来越大,但他特别偏爱红色,戴红帽子,红围巾。他买红袜子时,在柜台上遭到售货员的奚落,嘲笑他老头还穿红的。可这些表现了我的父亲爱美的事物,对生活的热爱。我前年还写了一篇《父亲的遗憾》,收入自己的一本新书里。父亲生前有很多想做的事,他想再出六本书,但没来得及完成。我为了我的父亲做得比较重要的事情,也是他的愿望,就是我出的几本书,有一本叫做《拾回的欧洲画页》,本书的献词上写着:"献给在天国等我写完的父亲。"因为我这本书的一部分内容我父亲看过,他还给我写了一封信,鼓励我把这本书写完,但写完这封信一个星期之后他就因心脏病去世了。这本书出版后曾获得中国女性文学提名奖。过了三年我又写了一本书,叫做《下一班火车几点开?》,里面牵涉到很多人物,其中有我的父亲这代人,他和我母亲在抗日战争时期在西南联大求学的经历,其中有许多当年留下的老照片。

可以说今天这个活动又把我带回到值得回忆的往事中。可是另一方面,在平时,我和女友们在一起聊的时候,老爱说咱们社会是一个男权社会,可事实上我们的社会真的是重视父亲吗?起码父亲这个词汇具有的特殊的重要的意义并不清晰。女人有"三八"妇女节,近年还有母亲节。但父亲好像并没有真正重视,我觉得这也是一个被遗忘的角落。所以我觉得"书生读吧"带了一个很好的头。尤其对于父亲应该具有什么样的素质、应该起什么样的作用。比如买衣服,男式衣服也非常少,非常单调,所以我觉得今天的主题很值得好好地讨论一下。

其次,我想作为父亲有各种各样的,有专制的父亲,也有慈爱的父亲,有吝啬的父亲,比如葛朗台,还有懦弱的父亲,比如杨白劳,不能保护自己的喜儿,只好去喝盐卤。我以后要给我的父亲写一本书,书名叫《最后的书生——赵瑞蕻传》,我父亲就是中国非常典型的比较懦弱但是又非常慈爱的学者父亲,以至于他在"文化大革命"中,怕抄家和批斗,将话剧演员用美妙音色朗诵他的诗的录音带剪成一段段冲进抽水马桶,还将从德国带回的马克纪念币统统都扔到玄武湖。所以说父亲随着时代的变迁发生的事情很多很多。

但是我们又不能选择父亲,我们谁能选择自己的父亲呢?我们不能左右父亲母亲的相遇、恋爱、结婚。所以哪个男人当我们的父亲我们并不知道。作为我们女人来说,我们倒是可以选择自己孩子的父亲,我们可以为孩子挑选一个父亲,有责任感的,还是怎么样的一个父亲,在当今我们是有选择权的。我觉得父亲的话题实在是太丰富了,能联想到很多。我自己既然有这么一支笔,可以写东西,回忆从小到大,我的父亲都在培育我写作,一直到他临终前。所以我觉得我要把我的父亲写下去,不仅写下去,而且应该写成一本书,将来我会给我爸爸写一本很好的书,再现一九一五年出生、相貌清秀的叫赵瑞蕻的温州青年,怎样走上抗日救亡之路,然后怎样去求学,怎样第一个翻译法国名著《红与黑》,吃了一辈子粉笔灰,经历了很多运动,做了教授带了很多的学生,一直到八十四岁去世的整个历程。我现在都留着八九岁时他给我写的信,包括文字改革的时候要求我写简体字之类的都有,我想这样的父亲这个时代已没有了,我觉得应该让后来的年轻人了解这些事。

主持人:非常感谢赵老师给我们阐述了他对父亲的了解,她说到我们不可以选择父亲,但是我们可以选择自己孩子的父亲,确实是非常有趣。

(现场展示赵蘅画父亲的肖像)

赵蘅:这是我一九七二年画的"文革"中的父亲,那时候所有的大学老师都要到干校、到农场去劳动改造。那时的男人穿的衣服都是制服式的灰布棉袄,那年父亲五十七岁,哪像现在五十几岁的人可以打扮得很帅。我的父亲是温州人,他的鼻子有点儿希腊人的感觉,非常的漂亮,那天他刚从农场回来睡着了,我给他画了这张像,一直保留了下来,这可是原作啊!

这幅是我给父亲画的最后一张像,我爸爸长期就是这个坐姿,坐在书桌上伏案工作、写作,一直写到临终前的几小时。有人说:"赵先生是写死的。"我赶过去奔丧,他书桌上的灯还亮着,所有的书本笔砚都在原处放着。

主持人:有些人可以用文字来记载事情,但是赵老师她既可以用文字,又可以用画笔来纪念自己的父亲。非常谢谢赵老师。

(二〇〇七年于北京书生读吧座谈会上)

《温州日报》访谈:父亲的影响

一、父亲对您走上美术道路的影响?

父亲很老的时候,我才悟到他这样喜欢粘粘贴贴,浆糊不离手是一种爱好,妈说父亲小时就喜欢做手工。你学画,应该有你爸的影响。

父亲一直有自制藏书票的习惯,用画册书报上的,作家艺术家的头像,座右铭,用我的画和他外孙的画。有张两个女孩一高一低的女孩挽着手的剪影,因为酷似我和姐姐,是父亲不知从哪收集到的。

一九五三年至一九五七年父亲到东德教书,购买了名画仿真品,大批画册和印有世界名画的挂历,许多我还保存至今。他高兴我爱画画,在我还没跟他出国前,他还给我带回画具。

我家的相簿好多都是父亲亲手整理,尤其是他在国外教书的几本,除了照片还附上与时间年代一致的纪念画片。

一九七三年我分娩前,妈认为长发会影响我喂奶叫我剪掉,爸觉得可惜,我剪发那天,他用红缎带将剪下的长辫子系上,嘱咐我保存。

父亲很爱美,爱美的事物,大自然中山水花草鸟兽都会引起他的激情。即使在抗战最艰苦的岁月里,他都会写下绝无半点战争痕迹的唯美诗作。

色彩里他偏爱红。喜欢戴红色领带,红色毛衣,红色围巾帽子。他非常注意仪表,一九九九年在他生命垂危之际,他都要穿戴整齐,扣好衬衣的风纪扣坐等急救车。

二、父亲对您走上写作道路的影响?

父亲对我走上写作道路有直接影响。是他为我编织了一个梦幻般的文学摇篮。

从小的印象就是家里有很多藏书,还不断添置,书里有各国文字,有插图。可以说读书写字是我家留给孩子们的唯一财产。

我家有写信习惯,小孩也不例外。父亲在国外期间,教学那样忙,他都常常给我们写信,不仅给我母亲写,还给三个孩子单独写。我最早学习用文字表达是从写信开始。父亲的信有学问有知识,充满正能量,总是多鼓励,让你有向上的动力。

十一岁到十二岁我旅居东德,每天面对一面墙的大书橱,全是爸妈教书用的中国现代文学名著。我阅读名著的经历从这里开始。

我十三岁时迷上写作,正值大跃进,民歌体诗歌盛行,我也学着写点。早晨醒来,会看到父亲给我做的修改。我的处女诗作《我在灯下刻张像》在《江苏文艺》发表后,他写信用播种开花的象征来祝贺我。

上个世纪八十年代,我的几篇小说《洋画片》、《谁是胜利者》都是父亲亲自写信向香港报刊推荐发表的。

一九九六年我去巴黎,他给我开了他的熟人名单,父亲竟给我写了几封法文信来。回国后我开始写《拾回的欧洲画页》,他推荐我看老前辈写的旅欧书,还帮我核对相关资料。我写出头十篇寄给他看,他读罢非常兴奋,连夜给我写长信赞扬勉励。信中最重要的一段话也是他这一生的反思,他说(大意):大家都应该多写回忆文章(主要是"文革"),有的人想写不敢写,有的人想写不会写,你是又能写又会写的孩子,多写吧,这比画一张苹果油画都重要!

一周后父亲因心脏病离世,这些成了他对我的临终嘱咐。

正是那十篇留存父亲体温的系列散文《重见玛丽》,让我后来荣获了冰心儿童文学新作大奖。

三、父亲对您人生的影响?

父亲对世界上发生的不公,有悲悯之心。晚年的他一有机会就宣传"光明与黑暗"主题。他极为憎恨法西斯,有二战情结,对我有深刻影响。

他爱祖国,爱家人,爱学生。诲人不倦,倾其所有教授给青年。晚年他的眼神几乎像个孩童一样纯粹。

父亲热爱生活,爱美的事物。他到老还注意自己的仪表,我认为这是一种做人的尊严。他热情,善良,助人为乐。一次路遇一个农民工问路,他讲得很细,还不放心,把手搭在那人肩上叮嘱,生怕他走错。

父亲一生孜孜不倦,父亲的用功是公认的。为了挚爱的文学理想,奋斗不止。他的坐姿永远是在书桌旁,即使周边嘈杂喧闹,他能照样埋头做他的事。

父亲做学问一丝不苟。克服困难后很快乐,有幸福感,我非常像他。

在父亲那里好像没有什么琐事杂事,他就是一个书呆子。当然我妈承担了很多家务。

父亲写文章总是反复修改,字字斟酌,以至于最后一本书没等到出版他就走了,成了遗著。我也是这样追求完美,但时时提醒自己要接受父亲的教训,不做后悔的事。

(二〇一六年十二月校订)

童年家书归还记

过了古稀年,才开启自己八九岁的信件,岂能仅用"百感交集"一词形容得了?

要不是这次出书需要,又是专写爸爸妈妈的,整理老家书这件事指不定会拖到猴年马月了。

在以前写的文章里,我不止一次说过我家有写信的传统,算是一种家风。不仅是爸妈之间的通信,和师长亲友们的通信,连我们几个孩子受其影响也和他们通过信。不仅是长大离开家后常常写信,我们童年的好多时光都是在写信中度过的。

一九九八年,记不得是哪天了,我正在南京探亲,一天爸爸突然叫我帮他办一件事,他捧出一包撑得鼓鼓的牛皮纸大口袋,告诉我这里装的是我和姐姐弟弟小时写给他的信,他一直保存着,现在想还给我们,叫我转给大姐小弟,他说以后这些旧信就由我们自己来保管了。

接过这沉甸甸的纸袋,就像拾回我们姐弟仨那些早已远去的岁月。童年啊,所有的记忆,那么多血浓于水、梦幻般的彩色画面,全被这纸袋唤回了。此刻站在我面前满头银发的爸爸,当年那个意气风发洋派十足的写信收信人已是八旬老人。此刻他那样认真地盯着我,神情纯净,有期许,有疼爱,却看不出半点忧伤,仿佛站在他面前的我,还是那个满身稚气天真无邪信笔由缰的小妹!

纸口袋被我如获至宝地带回了北京,属于我自己的一封纸袋回家便收进柜中保存了。这些年我几乎没打开细看过,因为每阅一封我都会不忍卒读。

直到今天,爸爸走了十七年零八个月,信函移交十八年之后,我才正式开始触摸它们。不知为什么这些信都没有信封,我猜是因为每次我们和妈写的信是装进一个信封里寄走的,我不会单独一人给爸寄信。如此说来,我们的家书是公开透明的,谁都可以看。在我们家里向来隐私的概念不强,甚至我们姐弟仨都成家了,我们的婚恋情况都常会成为公开的秘密。

我小时候写信的署名有时用"赵蘅",有时用"蘅"。横写竖写的都有。写信的纸张各式各样,有普通的信纸,有不带格的淡绿淡黄的纸,这些纸如今都变得很薄发脆,要不是爸爸一封一封夹好,过了六十几年恐怕早就破烂了。

一九五三年九月二十八日至一九五六年元旦,我们父女俩共通了十九封信。爸爸写给我五封,我写给他十一封,包括一份检讨书。按目前字数统计(也许还有遗漏),三年里父女俩通信共写了六千余字。连续三年的境内外家书是由爸爸被派到东德任教起,原本一家五口一起前往的计划

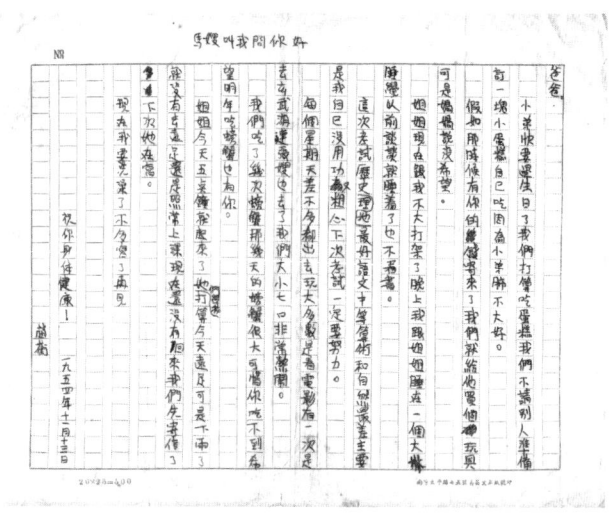

写给爸爸(一九五四年一月十三日)

被当时僵硬政策的局限打乱,我妈的一句不准带孩子她就不去的坚持,造成了我们仨和妈妈回宁,留下爸爸一人出国的分离局面。在一个没有电脑没有微信的时代,一个分居遥远两地的家庭,唯一的感情维系汇报平安和表达思念的联络方式只靠飞鸿了。

一九五三年我整八岁,小学三年级,认得汉字之有限可以想象。我定是受了长辈的影响,没把写信这件事看得多伟大神圣,进入写信行列,天经地义,轻轻松松,顺顺当当,自自然然。而爸爸也没把我当成小屁孩儿,给我写信,正经八百的,一点没有小瞧我。

就这样,爸爸在德国东部莱比锡,或是在柏林和莫斯科,我和妈妈、姐姐、弟弟在中国扬子江畔南京,开始了长达三年的两地家书。一般是我写一封,爸回一封,有时也有他写信我回信。不知为什么,我写的比他多几封,也许爸是一个人,我们这边有四人,四比一啊,够爸爸回的。我的字写得可比现在工整多了,一笔一画的,我怎么有这么多话告诉爸爸,基本没有标点符号,像连珠炮似的,按东北话说,就是心里怎么想就怎么秃噜。小小年纪的心就这么点儿大,每天经历的事明白的事就这么多:上学,做功课,玩,看书看电影,帮妈妈做家务,来的客人,还有和姐姐弟弟的友爱或摩擦。我那时还不懂何为"告状",在我的心里,什么都可以对爸讲,爸爸就是一家之主,他能管家里所有的事。我以为对的事,我以为不对的事,哪怕发生在姐姐弟弟身上,我也会完全没有顾虑杂念的向爸爸汇报。每逢爸爸来信,我的回信总要先告诉一声他的信收到了,或者寄来的钱收到了,有一次写信说:"收到了七百万。请您放心。"这是传达妈妈的意思,说收到了爸爸寄来的钱。没有人规定我这么做,替大家汇报一切,我从哪来的那么多责任心,简直像个妈妈的小秘书和小管家!

爸爸毕竟是家长,他有教育孩子的责任,每封信都要叮嘱我们要听妈妈话,要乖,好好学习之类。他非常想念妈妈和我们姐弟,他一人在遥远的地方,很孤独,他需要向家人表达倾诉。他更想说说他那边的情况,他看到了什么,见了什么人,有什么感想收获,就像是用他一个人的一双眼睛,将他看到的全部传达给他爱的孩子们,和我们分享。爸爸妈妈这代人都喜欢也善于写信,他们的信写得都很长,所以尽管爸的信比我少,论字数却多很多。

一九五三年九月二十八日我给爸爸写了平生第一封

信,也是在北京经历了全家分别后,我唯一的寄往北京的信。

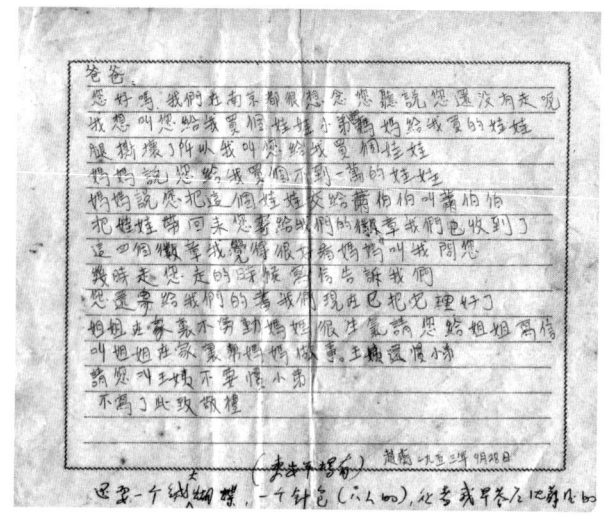

写给爸爸(一九五三年九月二十八日)

那时的一万元钞票是一块钱。我家女眷不分老少都喜欢娃娃成了一种家风,这一嗜好甚至不会因为年龄渐长而改变。我有一张摄于南京的黑白照片,我一人搂着几个娃娃坐在小竹椅上,火辣辣的太阳直射我的脸,看不清我有多开心。今天看这信里我居然会向大人讨礼物真有点害臊,这可是和我长大后的信条完全相悖啊。

萧伯伯应该是萧亦伍伯伯。

仅隔了三天,留在北京等待出国的爸爸回信了:

小妹:

在国庆节前夜,接到你的信,真是高兴!你的信写得很好,写得多么端正,没有别字。

过了国庆,我就要走了。一切都办好了。就出国的日期一再改动,是因为有许多事没有搞好,比如说护照,我的护照要经过苏联、波兰、德国三个大使馆签字,很耽误日子的。还要控牛痘,等等。现在护照已签字,只等买火车票,就要先到东北满洲里,再换国际列车到莫斯科。好吧,我到了莫斯科再给你写信吧。

在家你跟小苡一样,都要听妈妈的话……你帮助妈妈的事很好,你做完功课后,看管弟弟,不让他做坏事情。一切小心,千万别出毛病。你努力学习,不久可以争取做个优秀的少年先锋队员。

你要的洋娃娃,我一定买来托萧伯伯带给你。我送你们的纪念章,可以别在衣服上。我明天到天安门观礼台,也别上这个纪念章。小妹,你不知道天安门多好看!北京游行的人都穿上花衣服。我明天也穿新西装,打大红花缎领带去观礼了。

不多写了,希望你接到我从国外来信,就写信给我。

你看见我寄回去的那张颐和园的风景吗?

小妹,再见了!希望一九五五年夏天,你们能到北京接爸爸回家!

显然这封信的后半段,不是一次写的,隔了一夜,即第二天国庆节夜里爸爸又加了一段,他迫不及待要向我和姐姐描写白天他刚参加的国庆观礼的情景。两段信(第二段没有署名)中间用钢笔划了一条杠:

小苡、小妹：

我刚才才从天安门看放烟火回来。烟火简直美妙好看极了！有各种样子，各种颜色的烟火。我和张伯伯两人在中山公园红墙外看的，足足看了一个多钟。天安门一带挤满了人，很多人围成一个一个大圈子，一边跳舞，一边唱歌。水银灯照耀着，太明亮了。今夜天安门通宵有人玩呢。

今天上午我们五点钟起床，游行队伍七点钟出发。我在八点钟跟观礼的人到天安门观礼台上，站在天安门右手那一排灰色的台上，跟东欧留学生，朝鲜留学生，蒙古留学生，少数民族和各国的新闻记者站在一个看台上……我们看了朱德总司令站在没有顶的汽车上检阅解放军，后来解放军游行开始，有各种武器。巨大的坦克车轰轰地滚来，天上飞过一百多架飞机，真是伟大极了。十点钟，大家拍手，叫"毛主席万岁"！

信中提到的张伯伯是山东大学外文系的张健教授，他与我爸曾是中央大学的同事。一九五三年张伯伯也被高教部派遣出国任教，他是去布拉格，那时捷克和斯洛伐克还属同一国家。一九五七年五月，在我和妈妈弟弟后来赴东德期满准备回国前，曾去布拉格旅行，和张教授戴阿姨及两个小妹妹一起观光，这座享誉世界的美丽塔之城给我留下极深的印象。

新中国初期，爱国知识分子的地位还比较高，特别是将要代表国家去兄弟国家讲学，爸爸他们心中充满了为国争光的荣誉感和自豪感，爸爸的激情和对祖国未来的希望洋溢在字里行间。

看得出爸爸大概从那年起,已经开始对我的成长有了期望,他叮嘱一个八岁小孩该做这做那,把我看做一个懂事的孩子,自然那个时代对于一个新中国的少年儿童来讲,最光荣的便是早日加入少年先锋队。规定必须年满九岁方可入队,我还差一年。

爸爸移交给我的第二封信写于当年的十月二十八日,给妈妈的信和给我们姐妹的信写在同一张纸上。从这封信里可以了解实际上从爸爸出境后这两万多公里的一路:满洲里、莫斯科、柏林,他都在给我们写信,这一封是他刚到达目的地莱比锡后写的。这时信纸已用德国的高级信纸了,莱比锡印刷业历史悠久,过了那么多年,白色早已褪尽。

这封信里爸对妈的思念非常直接浓烈,这和他平时与妈妈在一起的状态不大一样。他叨叨在异国喝不到真正中国茶,我知道爸不能习惯身边少了能干的妈妈,家书成了爸爸那时最大的期盼,最大的幸福。他带去的全家福和我们姐弟仨的照片都将贴进漂亮的德国相片簿。

小苡、小妹:

爸爸已到了德国来比锡了,你们高兴吧。我现在还住这里的国际饭店里,不久可以搬到学校住。收到这封信后,希望你们就给我写信,交给妈妈,寄航空信给我。我在莫斯科也给小烨他们写了一封信。把我的莱比锡的通信处可以抄给舅舅,因为我一时没有工夫给他们写信。我身体很好,你们都好吧。

小苡、小妹,爸爸多想你们,还有弟弟。想得厉害了,就只好看看你们的照片。希望你们照一张最近的照相寄给我……

我这一路走了整整两个礼拜。走到这里已二万多里了,想想好远呀!你们打开世界地图看看,爸爸现在在哪里?

小苡、小妹,还有弟弟,要乖,要听妈妈的话,好好学习。我看见那么多,那么可爱的德国孩子们。他们老对我笑,我在马路上走,他们围着我看,我的脸都红了。在火车上,苏联朋友们都爱看你们的照片,看了都说 Хорошо!(好!)

别忘了写信给爸爸。问你们老师好!

……爸爸一九五三年十月二十八日于莱比锡

信里提到的小烨是舅舅的长子杨烨,我的表哥,那时他还是喜欢蹲在椅子上吃饭的调皮男孩。爸爸对家族里的几个孩子都很好,杨炽出生,他给她写诗;杨荧在我爸去世后回忆她叫小姑父的我爸的趣事;杨烨喜欢集邮,爸知道后就送给他国外的邮票。我们谁也不会想到后来他会在二十五年后自杀于伦敦。

十一月十六日,我给爸爸写了第三封信。那时我已转学到附近的汉口路小学。信中我对爸爸讲了学校的事,有不好的姐姐挨打的事发生,更多的是远足,也就是现在说的郊游活动。还有我学会织毛线了,看了话剧和电影。总之真实地向爸爸汇报了家里和自己所有的快乐事,要爸爸放心。

有关邮票的另一封信里爸是这样写的:

今天我在到学校去的路,又遇到几个女的小学生,跟小苡一般大。她们又对我招手,边走边说,问我在这里做什么的。我告诉了她们。德国小朋友——大人也一样爱邮票,就像你们爱娃娃一样,特别喜欢中国的,苏联的邮票……邮票是一个国家民族的社会文化表现之一,也是和平劳动创造的产物。你们想,假如人类从此消减了战争,大家和平共处,中国的孩子可以跟苏联、德国的孩子通信……把世界各国邮票收集起来,贴在一本好簿子上,这叫做"集邮"。这也是一种很好的、高尚的艺术欣赏呀。为了你们,我已在这里贴了半本邮票……可惜中国的很少,你们给我寄点中国的邮票吧。等我贴满了,我就把它寄给你们,作为纪念……

除了讲集邮事,这封信爸写得激情澎湃,情不自禁。他一定每天沉浸在以中国人为傲的幸福当中。他再三叮嘱我和姐姐:"小苡、小妹要记着,一定要做个好孩子,一切要听妈妈话。你们有个好妈妈,也有个好爸爸,有个幸福温暖的家庭,你们应该更乖,多看好书,不要乱吃东西,当心汽车,多穿衣服。绝对不要闹脾气,不要打架,一天到晚都要好好的(我希望妈妈买点毛线给小妹学习去)。"

这是一封没有年月日的信,移交我的唯一一封只有署名没有抬头,像是还有前一页。信纸是用国际饭店的信笺,纸较厚,上下都印有绛红色的德国文字。我不懂德文,但发现在纸的最末端有1251的数字,应该是年号。按照爸在一九五三年十月二十八日信里写的,他刚到莱比锡暂时住在国际饭店,不久可以搬到学校住的说法,这封信应该写在一九五三年年末之前。但也许爸爸移居学校时带走了几页饭店的信笺做纪念呢,他喜欢纸质品,这和妈妈一样,所以又可能这封信是离开饭店后写的,在一九五四年什么时候。

现在我只能瞎猜了,因为爸爸移交给我的信袋里,一九五四年这一年只有我的两封信,他一封也没有。这是我纳闷又遗憾的地方。

一九五四年"六一"节,我加入了中国少年先锋队。在这之前,二月二十日我写给爸的信里已经提到了这一愿望:"爸爸:我已收到了你的信,妈妈说我要入队才能去德国。我要入队就要把缺点改正,不丢东西,不跟姐姐打架。"这封信提到五十年代热映的电影和儿童读物,要不是重读旧信,我恐怕都要忘了。这些足以佐证我们姐弟的童年曾幸运地受到怎样的良好教育:

> 寒假里我们大家看了《普通一兵》、《马季》、《胜利英雄》、《智取华山》、《教师》等电影。妈妈说一有好电影就给我们看,也就等于上一堂课。
>
> 在看《教师》的电影时,在电影院里买了书给我们看。妈妈从上海回来也带了很多很多的书。在寒假里妈妈也给我们买了很多书给我们看。我们在寒假里过得很好,大家都定了寒假生活计划。
>
> 妈妈给我定了两种杂志,很多的书,《小朋友》、《儿童时代》,妈妈从上海带来的书和寒假里买的书有《天鹅神话》、《小猫钓鱼》、《沙尔米柯》、《小学生查依采夫》、《钢笔的故事》、《小红帽》、《朱淑姬和钢笔》、《恭贺新年》的书。

信里所述的《马季》应是匈牙利影片《牧鹅少年马季》。《教师》应该是苏联影片《乡村女教师》。至今我保存着许多中外童年读本,特别珍贵的是爸爸从德国、苏联带回的图文并茂的书,我是典型的在外国儿童读物陪伴中成长的孩子。

我也有一封信没有标年号。纸是从练习本撕下来的,信很短,我先写,妈妈后写,都说一件事:爸爸回不回来。按我的写信时间是四月十号十一点,即子夜,我一个小孩子怎么睡得这样迟?难怪我会这样写:"不多写了,妈妈说我再不睡觉就要生病了。"

离暑假还有两个月,难道这年爸爸考虑不回国度假吗?好玩的是妈妈既表示欢迎爸回来,又说爸回来必须有两个条件,其一,另一个中国教授也回国爸才能回,她说:"不然好像你一人想家,岂不是显得太个人主义?"这个理由在今天听起来是不是很荒唐,可在那个时代,个人主义可是资产阶级的代名词之一。足见妈妈这样从旧社会过来的知识分子,当年很是注意思想改造的。后来爸妈一起到莱比锡任教期满,大学和大使馆其实都挽留过他们继续留任,都给我妈谢绝了,理由也是这条:"假如留下来,就跟不上社会主义思想改造了。"

值得提的一封信是我写于一九五四年九月一日开学这天,我描写了我家姐弟仨早起的生动情景,看来我被妈说成"自然主义"式的叙述方式,由来已久。接着我向爸爸告状姐姐弟弟,弟弟惹祸,姐姐不想上学让妈妈生气。妈当年处罚孩子的办法也绝了,就是如果不听话,罚不许看电影看戏。我妈自己就是个戏迷,所以这样的处罚很重。这封信让我记起五十年代有一部老电影叫《妇女代表》。这是妈请家里三位帮助照顾我们的大人看的。

正是这封信的结尾,我写道:"爸爸你能不能请求高教部让我出国?人人都说我九岁上五年级太小了。"好像这句话为我家后来发生的变故埋下了伏笔。按严格尺寸,也说明我那年入队的动机里有为出国的因素,是否不够纯粹呢?

爸离家的第三年,一九五五年里父女俩的通信最多。这年的三月,我的信写得很长。我汇报的事儿多了,自己的事,家事,国事,都有。小弟被惯得没型儿,闯祸连连,让妈跟着天天胆战心惊。我难得的表扬姐姐,说她也做家务了,只是还是不愿铺床。我写道:"要是改去这一点那就好了。"(我这个小屁孩还有点挑剔)

在信的第一页的末尾,我告诉爸爸一件"喜事":

> 我们中国有一件喜事就是解放军解放了一江山岛,爸爸您知道吗,我每天都看报,所以知道了一江山岛跟浙江很靠近。

不到十岁的我,已经开始关心政治了,而且立场如此鲜明。且不说这事我懂还是不懂,感叹的是一个小孩就是一张白纸,给什么教育就会培养什么样的人。不过我家看报习惯确有祖传,我外婆识字不多,但每天要看报,我妈一天不看报都会难受。我有一张在莱比锡寓所画爸爸看报的铅笔速写,那年我十二岁。

这页信不知为何就在一江山岛这里中断了,是和另外一封也是一页纸的信用订书钉别在一起。同一种稿纸,不一样的笔迹,前一页工整些墨水深点,第二页淡点笔画细点。所以我想要不是第一封的后一页弄丢了,要不就是我见到的这后一页,是晚几天再写的。因为一开头也是这一句:"爸爸:好久没给你写信。"但这后一页的第二句竟是:"我生气了,因为你不给我写信,就不给你写信。我有时候想妈妈要是出国一定要给我写信……"现在想想我有点任性,完全不考虑爸爸他有多忙。接下来我汇报了小弟弄死小兔和大虾的事,我竟想出一个点子,叫爸爸买汽车玩具给小弟,大概以为这样就可以制止弟弟。我还汇报了姐姐过十四岁生日家里怎样热闹,认为"姐姐很高兴,爸爸你也很高兴吧?"

十月九日我的回信里,已不再生爸爸气了,因为收到了爸爸的两封信,高兴还高兴不过来呢。但是爸爸移交的信袋里没有他写的这两封,一定是写给妈妈的,或者给全家写的。从我这封信里讲妈妈开刀的事,可以了解到爸爸正担心着妈妈。我叫爸爸不要担心,我小小年纪已能体贴心疼大人了。那天在南大诊所守着疼得惨叫的妈妈的情景,到今天还会让我心颤!

在这封信里我又夸了姐姐,说她进步很快,羡慕并不妒忌她作为少先队员参加了国庆游行。好的就表扬,有缺点就批评,一颗纯良的童心就是这样被培养起来的。

我居然当过小学的话剧组组长,简直不敢想象。我只记得我们排练过《果园姐妹》,我只是演了一只柿子。还被化妆得满脸通红,却迟迟舍不得卸妆。

一九五五年十一月一日爸的信是写给我们姐弟仨的。爸爸是暑假回的国,返回东德也一个半月了。他继续投入

爸爸的回信(一九五五年十一月一日)

繁忙的教学工作,备课、开会、做报告,中英文兼通的爸爸真是有了用武之地。这封信里还夸小弟信写得好,算算他那年才六岁。

小苡、小妹、小弟:

今天是十一月一日了,爸爸离开家恰好一个半月了。这一个多月过得很不简单,做了很多工作。从南京市到北京,从北京到莫斯科,从莫斯科到柏林,再回到莱比锡。参加了国际东方学会议,做了报告。受到了大家欢迎……正式上课已两礼拜了。前礼拜在东方学院,第一次做了一个专题报告,是关于中国现代文学的主潮、特色及其成就,来听的人很多……我接到了你们的信,非常高兴!我知道你们过得很好,妈妈的病快好了,大家很高兴。妈妈的情绪好,我特别高兴。弟弟的信写得也很好,我觉得他应该开始念字了。弟弟要大狗熊,我请人带去。两礼拜前已托一个南京农学院教授给你们带去几样玩具,希望你们会喜欢!我今天再给你们寄去几本日历(其中有一本是儿童日历),还有一盒苏联五彩铅笔(只买到一盒,这一盒交给妈妈保存,算是大家的,我明年到莫斯科时再给每个人买一盒),这些东西都算是新年礼物吧……

一九五五年十一月十七日下午我又写了一封信,其实算不上信,顶多是一张字条:

> 上上个星期天我们一家去看《家》(除了小弟),这个戏演的非常好,我都哭了,这个戏里竺水招演大少爷演的也很好,我想要是你在多好呀。
> 不多写了。
> 祝你工作顺利、身体健康
> 小妹
>
> 一九五五年十一月十七日下午

那几年妈妈和我们都爱看越剧,我姐姐还认识了剧团的团长,也是主演竺水招和她的徒弟筱小招,在我们后来出国以后,她甚至一度想初中毕业后去当越剧演员,她最终因妈妈的阻拦也没如愿。一九五五年越剧团排演了巴金的《家》,由于知道巴金和我们家的渊源,他们很重视听妈的意见。竺水招后来遭遇"文革"的迫害,自残致死。

一九五五年年末,我的信是以检讨书的形式寄给爸的。我向爸坦白了自己开学以来所犯的错误,一是好丢东西,这马大哈的毛病几乎跟了我半生。妈在这张小学生作业纸的边上加了一括弧注明我丢的东西(铅笔、铅笔刀、橡皮)。还有乱花钱的事,起因是我请很多同学看电影,妈又括弧注明是五角,大概意思是五角一张电影票吧。再有学习大退步,贪玩等。最后向爸爸保证:"今后我一定要努力做个好队员,依照老师依照毛主席依照家长的话去做。请原谅我的缺点。"

事后爸在给我妈的信中写道:"小妹的检讨书写得很好。以后只要小妹按照检讨书上所说的话去做就是了。你告诉小妹,爸爸看了她的检讨书很感动,她是一个好孩子,以后自己小心警惕就是了。"

一九五六年春节元旦,爸爸在莱比锡卡尔马克思大学给我写了他移交我的最后一封信。信的一开头他竟这样称呼我:

Zhao Heng:

上面写的就是你的名字。不久的将来你的名字就会这样写了。你看多方便,多简单!我们的文字改革很快就会实行了。毛主席已作了指示,我们的文字采取罗马字(也就是拉丁文字)。最近我已看到拼音方案……

接着,他就用拼音打出八个句式让我试着念,还要求我翻译好了给他看。记不得当年十岁的我是否看懂了,反正现在我读起来还挺费劲,只猜出这第四句"4) Beiging sh Zhungguo de gingcheng"意思是"北京是中国的京城",还不知道对不对。从这封信里我才记起我们小时候都有很重的南京口音,爸爸说学拼音就要学习北京话(即普通话),因为拼音是根据北京话写出来的。爸爸还叫我以后学会打字,他还真的没把我当小孩!

这封信里爸安慰我为打破一张唱片不要难过,他还问我打破的唱片是不是《马赛曲》、《国际歌》,他说可以再买两张回来。这件事我也完全不记得了,而且他移交我写的信里也没这一内容啊。爸爸对孩子们总这样仁慈宽厚,在我们眼里,他完全不是一个严父。今天看他的信才懂,爸的"严"在学问上,他谆谆教诲,不会打骂孩子,这就要求我们自己要特自觉有悟性了。

信的落款是用拼音"PaPa(这就是爸爸的拼音文字)",爸最后写道。

那年德国的冬天特别冷,积雪很厚,零下三十度,对于住在南京的我,不可想象。爸爸写这封信时,还对我说:"我快回国了——还有两个年,回去,我要好好学习,还要写东西。"显然他写信时还不知道就在这一年,一九五六年,我们这个家会发生变故。高教部终于拗不过我妈,当然也是工作实在需要,他们批准了我妈带孩子出国。爸爸总算熬过了孤身一人在国外、三年不能回家过年的岁月,盼到了全家团圆。但我们完全没有想到高教部的"恩准"是有条件的:允许带孩子走,但只能带小的,不让带大的。他们的理由是大孩子出国会耽误学业。我弟弟当时很小,不到七岁,我不算太小,可马上就小学毕业了(后来还考上了初中,保留学籍)。十五岁的姐姐在上初中,正好撞上这"耽误"二字,就这样姐姐被一条人为的杠杠划到不许出国之列。一下子,我家三个孩子的不同命运注定了!

隔了六十年重提这段往事,既是家事,却又回避不了与国家的干系。对于我们每个人,幸事悲事并存。至亲至爱的爸爸虽然离我们远去,他没留给我任何财产,却留下了难以计算的精神财富:书籍、摄影、画册、文稿、信件,其中的这批家书,我和爸爸的通信,在外人看来只是一摞破烂发黄的纸页而已,而对于我,它们字字千斤重啊,它们是爸和我的童年(后来的少年、青年、中年)的生命轨迹,将永远镌刻在心底,直到我也升天的那一刻!

爸爸独自一人在莱比锡寓所留影

近日刚从美国归来的儿子来看我,我给他看了他外公的家书。他第一次接触家里这些旧物,似乎有点吃惊。忙于拍电影的鸰儿,出我意料之外竟埋头读了几封。我小心试探地问:"等我有一天不在了,你能帮我保存下来吗?"

他继续读着,不知听见没有……

(完稿于二〇一六年十一月十九日北京初雪前夜,次日修改,二〇一六年十一月末再校订)

一九五三年爸爸出国前和三个子女在北京留影

和我通长信的人

我和爸爸从一九五三年开始通信,直到他一九九九年过世前,长达四十六年。整理家书,一直是我的一个心愿,几年前曾向一家出版社列出一份书目,书名就叫《万金家书》。

和爸的信是专属我们俩的,对我来说如同稀世珍宝。虽然我暂且无法在短时期内将其全部清理好,但我早有心特意将爸最后几年的信单独存放在一个黑色的文件夹里,并贴上标签"父女两地书",无疑是做得太对了!

这部分信件始于一九九六年七月五日,一九九九年二月七日戛然而止,一共七封。"在重温往日的回忆时,我们似乎不能把我们整个生命之网揭开,而必须挑选那些零星线头慢慢抽出来。"(英国十九世纪浪漫派散文家赫兹里特)这段文字是我在爸爸的遗稿里发现的,用作表达我此刻的心情,再合适不过了。

一九九六年夏,我已经到巴黎一周了。爸爸的这封信竟只字未提,这可是他一直惦念的事啊。也许他真的不清楚我的具体行程，也许在他写信时脑子里只有信里所述的大事：

蘅儿：

现寄上文稿共六篇，其中除石湾的《断层》一篇外，其他五篇都是我最近一个时期写的。两篇是先后发表于上海《文汇报》的副刊"笔会"上，纪念沈从文先生一文中说到一九九八年我们和小孔、珍珍、韩曦一起到温州情况。时光飞快，眨眼十年已过去了。

打字稿三篇均系我的《文学回忆录》中的部分，其中最长的一篇《离乱弦歌忆旧游》约一万五六千字，我以为是一门"重炮"。我打算寄给北京《读书》一试。这五篇希望你抽空多看看，要批评，有什么就说什么。我想多多征求意见，以便改正。

二〇〇〇年——二十一世纪，新世纪从今年七月一日算起还有五百八十五天，在我心中已挂起一个"倒计时"牌了。说容易过也很容易，但对八十多岁的老人来说，也是不容易过的。我当然希望能到二〇〇〇年，看见那天朝阳晨曦。能完成我的写作计划，能看到三本书问世！但愿如此！

明年——一九九九年是值得纪念的一年，对国家，对我们家庭，对自己都是如此。你想一想是不是？明年妈妈八十大寿，我也算是八十五（虚龄），因为明年是卯年，兔年，就是我的本命年（我生于一九一五年，乙卯年），明年也是你55岁（虚龄），赵苏50岁。还有"五四"运动九十年。澳门回归祖国，当然还是建国50周年。所以,我真希望明年金秋时节,小苡和你、小傅、小春来欢聚,为妈妈祝寿,这多好!

再谈。多多注意健康!

爸爸
一九九六年七月五日

我之所以在此全信录用,是因为这封信非常典型地代表了爸爸在他生命最后几年对他热爱的中国,对他致力于一生的文学,对他惦念不已的家人无尽的牵挂!

爸爸的信都很长,这是他生命最后的话(除了发表的文章)。都是发自肺腑之言的,此生我能荣幸获得,最好的感恩是做到不能受之有愧。

(写于二〇一六年十二月二日,三日校订)

附录：父女信札

爸爸：

您好吗？我们在南京都很想念您，听说您还没有走呢，我想叫您给我买个娃娃，小弟把妈妈给我买的娃娃腿撕坏了，所以我叫您给我买个娃娃。

妈妈说您给我买个不到一万的娃娃。

妈妈说您好把这个娃娃交给萧伯伯，叫萧伯伯把娃娃带回来，你寄给我们的徽章我们已收到了，这四个徽章我觉得很好看，妈妈叫我问您几时走，您走的时候写信告诉我们。

你还寄给我们的书我们现在已把它理好了，姐姐在家里不劳动，妈妈很生气，请您给姐姐写信了，叫姐姐在家里帮妈妈做事。王姨还惯小弟，请您叫王姨不要惯小弟。

不写了，此致敬礼

赵 蘅

一九五三年九月二十八日

小妹：

在国庆节前夜,接到你的信,真是高兴！你的信写得很好,写得多么端正,没有别字。

过了国庆,我就要走了。一切都办好了。就出国的日期一再改动,是因为有许多事没有搞好,比如说护照,我的护照要经过苏联、波兰、德国三个大使馆签字,很耽误日子的。还要控牛痘,等等。现在护照已签字,只等买火车票,就要先到东北满洲里,再换国际列车到莫斯科。好吧,我到了莫斯科再给你写信吧。

在家你跟小苡一样,都要听妈妈的话,都要好好努力学习。每天上学,小心走路。放学就回家,不要在外面玩。你帮助妈妈的事很好,你做完功课后,看管弟弟,不让他做坏事情。一切小心,千万别出毛病。你努力学习,不久可以争取做个优秀的少年先锋队员。

你要的洋娃娃,我一定买来托萧伯伯带给你。我送你们的纪念章,可以别在衣服上。我明天到天安门观礼台,也别上这个纪念章。小妹,你不知道天安门多好看！北京游行的人都穿上花衣服。我明天也穿新西装,打大红花缎领带去观礼了。

不多写了,希望你接到我从国外来信,就写信给我。

你看见我寄回去的那张颐和园的风景吗？

小妹,再见了！希望一九五五年夏天,你们能到北京接爸爸回家！

小苡、小妹：

  我刚才才从天安门看放烟火回来。烟火简直美妙好看极了！有各种样子，各种颜色的烟火。我和张伯伯两人在中山公园红墙外看的，足足看了一个多钟。烟火从树林子后面射出来，就像春天的花朵忽然间开来。天安门一带挤满了人，很多人围成一个一个大圈子，一边跳舞，一边唱歌。水银灯照耀着，太明亮了。今夜天安门通宵有人玩呢。

  今天上午我们五点钟起床，游行队伍七点钟出发。就在八点钟跟观礼的人到天安门观礼上，站在天安门右手那一排灰色的台上，跟东欧留学生、朝鲜留学生、蒙古留学生、少数民族和各国的新闻记者站在一个看台上。我和邢伯伯两个人参加观礼的，那些伯伯、阿姨参加游行。我们看了朱德总司令站在没有顶的汽车上检阅解放军，后来解放军游行开始，有各种武器。巨大的坦克车轰轰地滚来，天上飞过一百多架飞机，真是伟大极了。十点钟，大家拍手，叫"毛主席万岁"！

小苈、小妹：

爸爸已到了德国来比锡了,你们高兴吧。我现在还住这里的国际饭店里,不久可以搬到学校住。收到这封信后,希望你们就给我写信,交给妈妈,寄航空信给我。我在莫斯科也给小烨他们写了一封信。把我的来比锡的通信处可以抄给舅舅,因为我一时没有工夫给他们写信。我身体很好,你们都好吧。

小苈、小妹,爸爸多想你们,还有弟弟。想得厉害了,就只好看看你们的照片。希望你们照一张最近的照相寄给我。我过几天去买一个漂亮的贴照相簿,把照相都给贴上,这里的照相簿好看极了。我在市场里看见比阿夫带给小苈的洋娃娃大两倍的洋娃娃,等我的工资发下来时,可以寄的话,就寄一个吧。不可以,就回国时一定带两个。

我这一路走了整整两个礼拜。走到这里已二万多里了,想想好远呀！你们打开世界地图看看,爸爸现在在哪里？

小苈、小妹,还有弟弟,要乖,要听妈妈的话,好好学习。我看见那么多,那么可爱的德国孩子们。他们老对我笑,我在马路上走,他们围着我看,我的脸都红了。在火车上,苏联朋友们都爱看你们的照片,看了都说 Хорошо！（好！）

别忘了写信给爸爸。问你们老师好！

爸爸
一九五三年十月二十八日于
民主德国/莱比锡

今天我在到学校去的路,又遇到几个女的小学生,跟小苡一般大。她们又对我招手,边走边说,问我在这里做什么。我告诉了她们。德国小朋友——大人也一样爱邮票,就像你们爱娃娃一样,特别喜欢中国的,苏联的邮票。分别时,她们一再说"再见,再见",老远还向我招手。邮票是一个国家民族的社会文化表现之一,也是和平劳动创造的产物。你们想,假如人类从此消减了战争,大家和平共处,中国的孩子可以跟苏联、德国的孩子通信,信封上贴着花花绿绿的邮票,这该多美!我希望你们也喜欢邮票本了。把世界各国邮票收集起来,贴在一本好簿子上,这叫做"集邮"。这也是一种很好的、高尚的艺术欣赏呀。为了你们,我已在这里贴了半本邮票,有苏联的二百张,德国的五十多张,波兰的几张。可惜中国的很少,你们给我寄点中国的邮票吧。等我贴满了,我就把它寄给你们,作为纪念。

这里的孩子,国际旅馆里的工人同志们总向我要中国邮票,希望你们多写信给我。

我到了外国,看到、听到国际朋友对于我们中国,对毛主席,对于我们的文化艺术多么的尊敬、赞美,我们国家在国际间的地位多么的高,我们的人民受人家多么的敬爱,我一想到这里,越发觉得你们中国的孩子是多么的幸福,日子多么美妙!我们有毛主席,因此,我越觉得你们要好好努力学习,将来,一定要争取加入中国共产党,做个光荣的优秀的党员!

小苡,小妹要记着,一定要做个好孩子,一切要听妈妈话。你们有个好妈妈,也有个好爸爸,有个幸福温暖的家庭,你们应该更乖,多看好书,不要乱吃东西,当心汽车,多穿衣服。绝对不要闹脾气,不要打架,一天到晚都要好好的(我希望妈妈买点毛线给小妹学习去)。

我已认识了好几个德国的小朋友、小学生,以后你们可以通信的。

其余的事,我都已写在给妈妈的信中,可以请妈妈读给你们听。

再谈,希望你们

身体都好!

我已给你们寄去一包东西(其中有儿童读物、画等),你们一定会高兴。

希望徐小蓉,还有其他你们的朋友给我写信,我一定也给他们写信,他们可以得到人民德国的漂亮的邮票。当然,最要紧的,可以彼此联系,互相学习。

爸　爸

爸爸：

您好吗？您来的几次信我们已收到，我们很高兴。

十月三十一号，我们全校出去远足，我们四年级和五年级到中山陵，我们玩过中山陵就到灵谷寺去爬九层塔，那一天我们玩得很高兴。爸爸，我们学校已比以前好了一点，我在学校已没有同学打我。因为姐姐放学回家，有几个汉口路小学从前的同学打姐姐，姐姐就告妈妈，妈妈就告我们学校的主任，结果主任批评了他，他就改正了。所以同学也不敢打我了。

爸爸，小弟在托儿所很乖，可是他一回家就不乖了，把妈妈烦死了，连晚饭也吃不好。爸爸，我已经会织毛线，天天拆织，拆了织，把妈妈都搞烦了。妈妈买了一点毛线，妈妈也没空织，就是那些作文，爸爸，您能不能叫妈妈不改作文，要不是那些作文，妈妈早给您写信了。

爸爸，妈妈每个星期天都带我们出去玩，这个星期孔伯伯请我们看《曙光照耀着莫斯科》，是话剧，妈妈头疼小弟又生病，所以妈妈不去，请沈伯伯带我们去看。这个星期三妈妈带我们去看《光明照耀着克奥儿地村》，是五彩电影。我们现在过的生活很好，很快乐，请爸爸放心，就是妈妈太忙了。

不多写了。

此致敬礼！

蕻

一九五三年十一月十六日

爸爸：

我已收到了你的信,妈妈说我要入队才能去德国。我要入队就要把缺点改正,不丢东西,不跟姐姐打架。

爸爸,七百万已经收到了,请您放心。

寒假里我们大家看了《普通一兵》、《马季》、《胜利英雄》、《智取华山》、《教师》的电影。妈妈说一有好电影就给我们看,也就等于上一堂课。

在看《教师》的电影时,在电影院里买了书给我们看。妈妈从上海回来也带了很多很多的书。在寒假里妈妈也给我们买了很多书给我们看。我们在寒假里过得很好,大家都定了寒假生活计划。

妈妈给我定了两种杂志,很多的书,《小朋友》、《儿童时代》,妈妈从上海带来的书和寒假里买的书有《天鹅神话》、《小猫钓鱼》、《沙尔米柯》、《小学生查依采夫》、《钢笔的故事》、《小红帽》、《朱淑姬和钢笔》、《恭贺新年》的书。

说完了我的缺点,我也要说姐姐的缺点,因为姐姐不肯跟你说。昨天下午姐姐的同学到我们家里来玩,后来把小弟的头碰疼了,妈妈很生气就把我们大家骂了一顿,疯了头,弄得满房子都是土。

看电影的事是姐姐抄我的。

明天就要开学了,不多写了。

成长这时无线电教歌,姐姐也在尖叫唱歌,多可笑,她还在给你写信呢!

祝您身体健康

赵 蘅
一九五四年二月十五日

爸爸：

您好吗？我们在南京市一切都快乐,我们接到您来信,我们的意见是大家都同意您回南京,妈妈说您回来可以给小弟看牙,还给您好买螃蟹吃,我们的学校也开学了,新书也发了,你把相片寄到南京以后,妈妈说我们六个小孩的那张相片照的最好,其中我照的顶好,妈妈说如果你回来,请你带一把小红骨头筷子,是北京的特产,还带一个放钥匙的包包。

不多写了,妈妈说我再不睡觉就要生病了。

祝你快乐！

蘅

九月十日晚十一时

阿虹：

白天寄去一信,晚上孩子们又寄信,我认为你回来 必须有二条件：一,张景桂也回来,不然好像你一人想家,岂不显得太个人主义？二,能在家住半个月以上才值得。

总之,我们当然欢迎你,虽然不欢迎烟味！如回来把沈长铖的东西南北带回,再带白黑锦线(西单市场,我们买过的),小包,针包,黑扇子(东安市场多的很)。

苡

爸爸：

我今天开学了，小弟和姐姐也开学了。我今天六点半起来，小弟看见我起来，他也起来了，小弟赶快吃完饭就到幼儿园去了，妈妈送去的。妈妈中午告诉我小弟今天去是第三名，小弟很高兴，我也很高兴，我告诉妈妈明天还要这样才好。

爸爸，我告诉你就在你刚走的时候，小弟就把你给他买的汽车拆了，你走了几天，姐姐又把我的杯子打破了，妈妈说再给我买一个。就在这晚上，小弟就吃了一块肥皂和吃了一个 APC，还有二个客人的杯子也打破了，一个是姐姐打破的，一个是小弟打破的。有一次，妈妈在翻译，小弟拿火酒，把矮桌子弄白了。你走以后我们又发现二次蜈蚣和蝎子。妈妈又请张嫂和马嫂姨嫂看《妇女代表队》，爸爸，我告诉你姐姐不想上学了，她想学唱戏，妈妈很生气，就把门关上一个人在里面翻译。妈妈说再不带姐姐看戏和看电影，姐姐总气妈妈，妈妈也想走了。还有一件事，萧伯伯摔了一跤，摔的萧伯伯直哭。

爸爸你能不能请求高教部让我出国？人人都说我九岁上五年级太小了。

赵 蘅
一九五四年九月一日

爸爸：

小弟快要过生日了,我们打算吃蛋糕,我们不请别人,准备订一块小蛋糕自己吃,因为小弟肺不太好。

假如那时候有你的钱寄来了,我们就给他买个玩具,可是妈妈说没希望。

姐姐现在跟我不大打架了,晚上我跟姐姐睡在一个大床,睡觉以前谈谈就睡着了,也不看书。

这次考试历史地理,最好语文中等,算术和自然最差,主要是我自己没用功又粗心,下次考试一定要努力。

每个星期天差不多都出去玩,大多数是看电影,有一次是去玄武湖,连张嫂也去了,我们大小七口,非常热闹。

我们吃了几次螃蟹,那几天的螃蟹很大,可惜你吃不到,希望明年吃螃蟹也有你。

姐姐今天五点钟就起来了,她们学校打算今天远足,可是下雨了,就没有去远足,还是照常上课,现在还没有回来,我们先寄信了,下次她再写。

马嫂叫我问你好!

祝你身体健康!

赵　蘅
一九五四年十一月十三日

亲爱的爸爸：

好久没给你写信了，是因为那几天我正准备考试，现在我们学校已放假了，我准备度过一个有意义的寒假，这次考试成绩很好，我每门功课都在八十分以上。姐姐每门功课也都在四分以上，妈妈很高兴，爸爸，您一定也很高兴吧。

春节初四萧伯伯请我们一家去吃饭，萧伯家里的菜很油，王阿姨在我们每个碗里放一个狮子头，那一天我们都吃伤了，而且初二萧伯伯又送来了二十个狮子头，我们吃不下，只吃了几个，其余的都坏了。

春节还没到来和春节过完这几天，小弟不乖，不是大姐姐被打了就是小陵被打，我们买的兔子每天小弟都弄他们，今天又把兔子装在网蚊子的网子里拖着走，我每次都弄不过他，妈妈这几天很忙，每天都跟着小弟，怕他打了人，只有晚上看看书，下午不睡午觉的时候就翻译。

张嫂走后大姐姐转变了，每天地是她扫，有的时候屋子也是她理，每天一早起来，我、马佩莹和姐姐就理屋子，所以妈妈很高兴，姐姐现在什么时候都做，就是不愿意铺床，要是改去这一点那就好了。

我们中国有一件喜事就是解放军解放了一江山岛，爸爸您知道吗，我每天都看报，所以知道了一江山岛跟浙江很靠近。

（一九五五年一月）

爸爸：

好久没给你写信，因为你不给我写信，我生气了，就不给你写信。我有时候想妈妈要是出国一定要给我写信。

小弟这几天很不乖，闯了很多祸。最不好的一件事是把一个小兔子弄死了，把一个小兔眼睛弄瞎了，什么时候人都害怕他，每天睡午觉都要马嫂和妈妈抬上床，每天早上不洗脸，马嫂给小弟买了一个大虾，也给弄死了，爸爸你想一想，能不能给小弟买各种车。

昨天是姐姐过十四岁生日，妈妈订了一个大蛋糕，姐姐请了些同学和级任老师，我们吃了面，同学们送给姐姐一支铅笔和一本笔记本，妈妈送给姐姐叫"好朋友的故事"和一个算术盘，姐姐很高兴，爸爸你也很高兴吧？

后天，妈妈要去上海了，回来正赶上我过生日，这次去是跟文联的同志们一同去的，到那里去看苏联展览馆，也有地方住，妈妈回来给我带两样很好玩的东西。

今天王姨来了，晚上回去，找一个人看家再来，爸爸请你放心，希望你早点回来，如果你再不给我写信，我就一定不给你写了。

不多写了

敬礼

> 赵 蘅
> 一九五五年三月二十七日

爸爸：

我们已收到了你写的两封信，很是高兴。知道你现在什么也不担心，就是担心妈妈的病，妈妈现在的病还好，昨天在大学医院开刀了，是王姨陪她去的，因为有的地方麻药打不进去，所以在剪肉的时候妈妈大叫一声，把王姨吓坏了，昨天妈妈痛了半天，今天就不痛了，请你不必担心。

小弟这几天总坐在妈妈的腿上，还好现在妈妈出院以后身体还好，要不妈妈又要痛了，有时候小弟还是很乖，也很听话，在国庆节前几天小弟用花纸做了一条长长的链子很好看。

这几天马嫂和马佩莹不住在我们家，王姨就睡在你的床上，妈妈睡小屋的沙发床上，小弟一人睡在绿床上，我和大姐姐睡在大床都很好。

国庆节那天大姐姐去游行，她很高兴，她一直盼望着去游行，她穿着干净的衣服，红领巾在胸前飘动，很是神气，今年的游行很大，有二十万人游行，要是你在多好啊。

这学期大姐姐进步的很快，当了中队学习干事，很用功学习，我今年当了全校话剧组组长，现在还是小队长，盼望你快点回来 吧。

祝您好身体健康！

赵　蘅

一九五五年十月九日于南京

附录: 父女信札

小苡、小妹、小弟：

今天是十一月一日了,爸爸离开家恰好一个半月了。这一个多月过得很不简单,做了很多工作。从南京市到北京,从北京到莫斯科,从莫斯科到柏林,再回到莱比锡。参加了国际东方学会议,做了报告。受到了大家欢迎。在这一个月中,又出去看了三个城市,有不少收获。在莱比锡又准备功课,正式上课已两礼拜了。前礼拜在东方学院,第一次做了一个专题报告,是关于中国现代文学的主潮、特色及其成就,来听的人很多。现在有一个秘书和一个助教帮助我工作,在八个月内把我把说的东西,翻译成德文,准备编一本书。工作是很愉快的!

我接到了你们的信,非常高兴!我知道你们过得很好,妈妈的病快好了,大家很高兴。妈妈的情绪好,我特别高兴。弟弟的信写得也很好,我觉得他应该开始念字了。弟弟要大狗熊,我请人带去。两礼拜前已托一个南京农学院教授给你们带去几样玩具,希望你们会喜欢!我今天再给你们寄去几本日历(其中有一本是儿童日历),还有一盒苏联五彩铅笔(只买到一盒,这一盒交给妈妈保存,算是大家的,我明年到莫斯科时再给每个人买一盒),这些东西都算是新年礼物吧!

(妈妈插话:先给小妹也好,因为她最喜欢画画。)

我十月二十二日又被这里朋友逼着过了一个生日。那一天送来了好多花和礼物。我们学院也送花(大菊花)来。我是先以为他们这一次不会记得我的生日(我很怕他们知道),但是他们还是知道了(他们早已进行了调查的)。所以十月二十二日一早就有人来送花道喜了。这种不同的生活方式,只好由他们去安排去!

(补写:马嫂、马佩莹、王姨问好!还有沈伯伯,赵阿姨他们!)

你们一定要好好学习,在家好好安慰妈妈,听妈妈的话,以后决不惹妈妈生气。尤其是弟弟,要更乖些!从此一个人睡觉,养成独立的好习惯。你们有空就多写信给我。我这一年不知为什么更想家了。只希望快到明年五月,完成三年出国任务,回祖国去,回家去,从此我再不愿离开你们了。祝好!

爸　爸

(一九五五年)

上上个星期天我们一家去看《家》(除了小弟),这个戏演的非常好,我都哭了,这个戏里竺水招演大少爷演的也很好,我想要是你在多好呀。

不多写了。

祝你工作顺利、身体健康

小　妹

一九五五年十一月十七日下午

检讨书

自开学以来我丢了很多的东西(铅笔、铅笔刀、橡皮),这些东西就像爸爸所说的是劳动人民创造出来的。可是在十二月二日那天,我请了很多同学去看电影节,还丢了一团毛线和四根针,而且看这电影浪费了很多钱(五角),这是我丢东西方面的。

在我学习方面有很大的退步,刚开学还好,后来就慢慢的退步了,而且每天下午回家很晚,在外面玩回家不做功课,早上去得迟,在学校玩,不温习功课,上课喜欢讲话,不主动发言。

今后我一定要努力做个好队员,依照老师依照毛主席依照家长的话去做。

请原谅我的缺点。

赵 蘅

一九五五年十二月四日

爸爸：

　　昨天我们已经放寒假了，大家都在家里。昨天下午妈妈带我去看《一个普通的战士》，因为姐姐考试，所以她没有去。妈妈就带我一个人去看，电影讲马特洛索夫的事迹。

　　电影上的马特洛索夫很像孔伯伯，爸爸，告诉你，孔伯伯快要结婚了，新年的那天他来了，妈妈问他怎么没有去成蚌埠，他都像要哭了。晚上我们和王阿姨和王立去听说书，他也不去。小弟又病了一次，现在好了，妈妈搞的烦得要命，天天要摸奶奶。前几天王姨来了，可是住了十来天又走了，这几天王姨走了，张嫂很忙。小弟天天迟到。昨天九点三刻才到托儿所，小朋友都吃过豆浆小弟才去，今天又迟到了，天天洗脚穿衣服都要妈妈，别人不能碰。

　　爸爸，信没写完钱收到了，妈妈说钱太少了，妈妈要买五百万公债，因为阿姨阿夫买了三百万公债，妈妈说一定要比他们多。

　　爸爸，现在我们用平信寄给你四级明信片，请你分送小朋友。

　　祝你快乐！

赵　蘅

一月二十一日

（一九五六年）

Zhao Heng：

上面写的就是你的名字。不久的将来你的名字就会这样写了。你看多方便,多简单!我们的文字改革很快就会实行了。毛主席已作了指示,我们的文字采取罗马字(也就是拉丁文字)。最近我已看到拼音方案。下次写信我想就用打字机打出来寄给你。今天我先写几句话在下面,看你明白不明白,我想试一试:

1) Ta jou meilid hua.

2) Ni jau chi Zhungguo fan ma?

3) Ta sh Deguoren.

4) Beiging sh Zhungguo de gingcheng.

5) Beiging jou gudaid gungdian.

6) Wo hiwang dau Beiging Ky.

7) Being sh ige meilid, fanrungd gingcheng.

8) Zhungguo de Zhungjang Renmin Zhenfu zai Beiging.

你如看不懂,要妈妈教给你。我建议你们现在就开始学习拼音字母吧。同时,你必须把北京话学习好,不要再说南京口音了。上面的话都是根据北京(Beiginghua)写出来的。你看爸爸(PaPa)的北京话还是说得不坏的。请你把上面八句话翻译出来给我看看。几年后你们也可学会打字了。

今天接到了你的信,很高兴!你告诉我你不小心打破了一支唱片,这没有什么关系,算了!不要难过!我们生活中有时候是不免要打破东西的,以后小心些就是了。是不是把《国际歌》和《马赛曲》也打破了?告诉我可以再买两张。

我们这里冷得很,天天下大雪,已积了一尺高。最冷冷到零下三十度。不知南京已下雪了没有?你们已放假了,在家里过年,真是高兴!PaPa有三个年没有回家过了。只希望明年大家在一起,全家团聚吧。

寒假中还要努力学习,也帮妈妈(MaMa)做点事。

小妹,我快回国了——还有两个年,回去,我要好好学习,还要写东西。

有一个好玩的东西,叫空气清洁机,是一只鹦鹉(磁做的)通电,就发出香气来,把臊空气(比如香烟的气味)都弄干净了。你看多好玩。你们一定喜欢。

我身体好,勿念吧。

祝大家身体好!

    PaPa(这就是爸爸的拼音文字)
        (一九五六年)

小妹：

我昨晚灯下，伏在书桌上看完了你寄回来的全部稿子，很激动，很欣慰！整个说来写得不错，有几篇特别感动人。如独自在巴黎赶到戴高乐机场找葛柳南，与 Marry 一起去 Leipzig（莱比锡），独自一人乘夜车经 Brussels 回巴黎，等等，尤其好的是叙事结合抒情，一种真情实感的描绘；有议论，揉合着一些感叹。我仔细看了，使我想起几十年前不少往事来，仿佛是我自己在写回忆录。有些事我都忘记了，经你一提，我想起来了。因此，我也很感谢你！

我在你草稿上作了一些修订，供参考。其中有点补充，有纠正人与事（时间地点等）上错误，比如张伯伯是中央大学外文系同事，不是我和妈妈的西南联大同学。有些地方仍可多写点；有的需查对一下历史记载（比如保加利亚共产党领袖季米特洛夫 Dimitrov）在莱比锡法庭上与戈林面对面的斗争，一篇极有名的演说。当时地点就在我们在莱比锡住处的对过，那个建筑雄伟的大楼里面（后来成为季米特洛夫纪念馆）。也因此，我觉得你写下来的不只是个人经历所见所闻所感，而有历史时代意义。写自己其实也就是写我们生活着的社会和时代，如果我们把眼光放大些，放在更广阔的背景上，密切表达自己的真实感受。而且，正如我记得几次跟你说过的，画苹果别人也可以画，也许画得比不上你，也许比你好得多。但是自传、回忆录、游记，等等，别人无法代替你。你想对不对？当然大师的作品别人是无法超越的，比如 Mona Lisa。

抓紧时间写完这本书，一定会有意义的书！就这样写好初稿，再加工、修订。稿子交给妈妈看了，她会认真看，提意见的。要不要先寄回去？将来出书时应放进一些相片。我看到在巴黎街头小傅为你拍的一张（俯身给人钱的一张）很有意思，很美。现在出一本书极不容易，一定要认认真真写好，而且要把广大读者放在自己心里边！

最近我看了季羡林、邵燕祥等人写的文章，希望鼓励更多人把在"反右"、"文革"中受苦受难的情景写下来，以警惕告诫后代人——不要再发生荒谬绝伦的事，再制造人类大悲剧。季先生出了一本《牛棚杂记》影响极大。我跟妈妈说，舅舅应该写一本"狱中记事"之类的书，我以前好像对舅舅说过。老邵说被打成右派的有55万人，现在写了些东西的只有几十人。你想，巴老的《随想录》产生了多深远的影响；一本《思痛录》（韦君宜），很使人感动。而今天应该写，应该忏悔反思的有多少人？有不少人仍害怕，有不少人希望统统忘记受苦受难的人们应该审视着的事情，甚至不许，不发表揭露批判罪行的文章。我想大概有这么几种人：一，不敢写；二，不想写；三，不愿写；四，不会写；五，不叫写。我以为凡是有历史使命感，有社会责任感的作家、学者和其他人士就应大写特写三大灾难："反胡风""反右"和"文革"，以及其他政治运动中受害的情况，应该提出控诉。我真真感到舅舅和舅母应该写出一本书来，也许他们以为迟了，或者以为不值得写了。但是正如邵燕祥所说的：写出"一代人的苦难"，正是像何敬平烈士在中美合作所集中营里写的《囚歌》中唱的："为了免除下一代的苦难……"

阅读了你的稿子，也正好日前看到了季先生们和老邵的文章（见附件），情不自禁写了上面一段话。你如有机会，希望向舅舅传达我的希望。

写到这里,又是一件巧事,妈妈送来邮递员刚刚送来的信件,其中有上海《文汇报》寄来的"笔会"一期上全文刊登了我的《读巴金先生的一封信》,万分高兴!现复印一份附上,请你和阿傅看看。其中也正好谈到跟我上面一段话有重的地方。另附近作三篇,都是纪念钱中书先生的。

我准备三月底四月初到温州去,乘火车直达故乡。如小苡那时仍走不开,你如来南京时,希望陪我去温州住一星期,再回南京,与妈妈多住些日子。我在老家要住一两个月,家里要修理房子,妈妈说正是时候。现在去温州方便之至,十几小时就到了。南京—上海—杭州—金华—丽江—青田—温州(沿瓯江东南行)。这条路风物旖旎、江山如画,太值得一走了。

再谈。

健康、愉快、勤奋!阿傅均此不另。给鹈鹈的信另寄去。

爸爸
一九九九年二月七日

附:名片快用完了,留剩三十张,因要准备返老家,急需再印百张,现附上修改了的一张,请即代印,你来时带来,名片背后加我的签字,行不行?见附图。又及。

母亲篇

"我的幸运是我有一个可以和自己谈心的妈妈!"

"我笑着对母亲说:'我俩总也走不出呼啸山庄了。'"

"无论如何,我们这些'已故少女'们今天都还活着。活着就是胜利!"

妈妈在翻译联合国文件(速写)

听妈讲那可怜的小绿蚕

妈肚里的老故事太多了,等她全写出来猴年马月。我等不及了,先拣一个用我的口吻记下,但愿老太太别发火!

我之所以挑了小蚕的故事,这跟我一向喜欢弱小动物有关联,我收养流浪小狗,我为死去的小兔悲悯,我甚至和流浪汉交上朋友,只因他和一条叫彤的狗儿相依为命。

那一年妈妈八岁,应该是一九二七年。

妈说她并不晓得那是一场什么战争,像是河北省的,直奉战争她居然能报出一批那段历史中的军阀名字:吴佩孚、张作霖、冯玉祥、阎锡山、孙传芳……我忽然明白我为什么从小就知道这些史料,和妈爱讲旧事有相当关系。

你想妈那时有多小,哪能搞得清谁和谁打呢,反正那天美以美会中西女校的女生们都吓坏了。"像我们都是有钱人家,赶紧打电话叫家里赶快来接。你的阿姨死催,而我要拿我自己折的小纸盒装的蚕,才养的蚕,我的蚕宝宝。我把热水瓶交给阿姨,她没接好,瓶子碰翻地上了,全碎了,满地全是水,阿姨哭了,骂我一通。我哪管这些,我要拿我的小蚕。"

很快,有的同学被汽车接走了,有的同学家的马车来接了,婆婆①家是黄包车。

好容易离校出了门,街上可想而知是兵荒马乱的狼狈景象。阿姨一进门见了婆婆大哭,说小妹又慢又笨("小妹"是我妈的小名,后来没能传下去,姐俩长大了,都互称"敏如"、"静如"),就是热水瓶打了的事。妈妈说:"我当时也很想哭,我想哭就为这蚕。"

婆婆听了大女儿的告状既没惊讶也没表情,只说了一句:回来就好,平安就好。并没任何责怪她的小女儿的意思。妈说"我就说不出来,我难过小蚕,人家钱阿姨(妈妈的同班最要好的同学)不就都带小蚕跑的"。

后来那条小黑蚕咋样了?我问。"那当然饿死了,没人喂它桑叶可不就死了。"

妈妈说打这起,就开始唱打倒列强的歌,老太太至今记得,我也记得。我们母女俩这就哼哼起来:"打倒列强/打到列强/除军阀/除军阀……"

再后来,她说这首歌也不唱了,不知为什么改唱什么"三只老虎/三只老虎/跑得快/跑得快/两只没有尾巴/一只没有脑袋/真奇怪/真奇怪",母女俩又唱起这首来了。还是这个调。"现在电视剧乱唱,都是两只老虎,而我唱的是三只老虎",妈补充说。

---

① 我家习惯这么称呼外婆。

到现在才明白,我们姐弟仨小时也养蚕宝宝,原来是受了妈的影响,据说外婆也养过很多很多的蚕,让我众多美丽的童年记忆里也有它们一席之地。那是在上个世纪五十年代,南京的小女生都喜欢养蚕,连上学时都带上,一到教室,蚕宝宝是和我们的课本笔盒一起摆放到课桌上的,老师并不干涉。蚕宝宝盛在一只用纸叠起的小盒里,在它们的身子下铺上几片绿绿的桑叶,我们听课,它们就在那盒子里拱啊拱啊,埋头吃睡,尽情享受,直到吐丝的那一刻到来。吐丝期间我们会把蚕宝宝移居到家里一个单独的地方,就像女人要分娩那样。而吐丝这一刻是不知不觉到来的,也许是白天,也许是夜里,这让我好奇又惦记。每到早晨,我总要小心翼翼地开门,探头瞧几眼,看这神奇一刻是否发生。假如蚕宝宝已完成吐丝,我和姐姐弟弟会欢呼跳跃,如同过节一样开心。让它们在产房"上山"吐丝,吐的丝被晾在绳子上,我们再随心所欲地染成各种各样的颜色,然后做书签、挂坠装饰什么的,可惜这些没一个保存下来。至于那些蚕宝宝,有几条,都长什么样,我一概记不清了。

妈妈童年的样子

不管怎样,曾经为我吐出那么多光滑闪亮蚕丝的蚕宝宝们,至少你们比妈妈养过的壮实的大蚕幸运得多。

如今妈九十八了,我也年过七旬,妈对养蚕的事记忆犹新,过了八十多年仍念念不忘。对比之下,我倒要自愧不如了。

一边是成王败寇的战争血腥,一边是孩童的悲天悯人,孰是孰非,今天的世界不还在重演吗?

(完稿于二〇一六年十月二十一日,修改于十一月二十八日,二次修改于二〇一七年二月)

十六岁的福音

一九三五年的一天,五十一位被母亲称作"翡翠年华"的、天津中西女校高中女生,被国文范绍韩老师照例布置了的周记作文,当场交卷。但这回不同,范老师建议和带领大家自编了一本集子,选出每个人一年中比较好的作文,共十九篇,范老师的创意《十九支箭》出自这里。

范在前言《我的话》上写道:"这一篇篇的作品,都是这人生途中一阶段上的团结的印痕,有一天你们到了另一个环境,回想起来,你们便永远忘不了这一种'力';更要继演着这一种'力'!"

芳年十六岁的杨静如正处于青春迷茫时期,会"忽然感到悲观失望"。同班同学,也是高才生钱伯桐这样描写她:"娇小淑女,性格温柔,态度稳重,是大家闺秀的典范。底有奇才蕴心胸,"然后一转:"遇事不勇,每为退让所。"她要静如"我劝你,振精神,往前冲,锻炼身心,做一个巾帼英雄"。

杨静如是我妈的学名,她很想冲破优越旧家庭金丝笼

小女生杨静如

般的桎梏,寻求自由和独立。如火如荼的"一二·九"爱国运动,她却不能参与,非常苦闷。她想向人倾吐,哥哥已赴英伦,家里没有可信任的人说话,她想到了崇拜的巴金先生。巴金先生无疑是她除了哥哥之外最理想的精神支柱。

我无从了解巴金的信中写了些什么。只觉得这个女中学生,读了巴金的信从此拨开迷雾见太阳,告别往昔的自己,虽然还很幼稚,但起码她变得快乐起来,以前看什么都是灰色,现在看到了希望,变得勇敢了。

一篇八十一年前的少女作文,作者又是在收到巴金的第一封信后写的,仅这一件旧事,无疑在今年十一月纪念巴金诞辰一百一十周年的纪念活动中是一个不小的响雷。本次纪念活动也恰逢第十一届巴金学术研讨会召开,主题是"巴金和他的理想主义"。

对被邀请出席这个会的事,去还是不去,我们母女俩讨论再三。妈说那年李伯伯(我从小就这么叫的)走,我们家里人就一个人也没送,叫你代表去,你那时家里有客人走不开。我说是啊,要不然后来我怎么写了一篇《假如我有翅膀》呢?

作为那篇作文作者的女儿,这个任务既荣幸又有压力。去前我一再问我妈,您到底要不要做个书面发言?她望望我,并没做回答。只是在我动身的那天早上,我发现她靠在床上专心致志写东西的样子,像个虔诚的女学生。虽然白发稀疏,背驼得厉害,可那亮亮有神的眼睛,分明依然在《新的我》的道路上跋涉!

近日去看姨妈,九十八岁的老太太提到我妈当年作文这件事,竟能背诵出前几句,用她仍很足的底气大声念道:"我觉悟了!我到如今才觉悟!但是,我并不以为晚!"她说这三句把我们都吓了一跳,你想想她(指我妈)那么小,怎么有这么大的力量?

我暗笑,难怪我妈的文章喜欢用感叹号呢。

每个人都有一次"新的我",或早或迟,新的我就是觉醒时刻到来。有的人觉醒了就洗心革面,有的人一辈子浑浑噩噩。

我妈珍藏了这本集子很久,却难逃"文革"中化为灰烬的厄运。时间久远,她只记得集子封面是绿色的,前三页是师长的像。大家凑的二元五角钱印的。八十年代她意外收到一位老同学留存的集子的复印件,印得虽很差,也足以让她惊喜万分。这次拿出来给我看,我悟到这本集子本身就是典型的理想主义产物。

一九三八年初春,妈妈通过巴金介绍认识了巴金三哥李尧林

十六岁的福音

我在会上发言最后说:"从此,一颗理想的种子在我妈,也就是小杨静如的心里种下了。两年后,她开始和巴金的三哥李尧林交往,留下一段刻骨铭心的记忆。"

(写于二〇一四年十二月四日北京寒夜,二〇一六年十二月修订)

"已故少女"

一九九一年"七七"这天,妈妈写了一篇堪称美文的文字。其中有这样一段话:"抗战八年的颠沛流离,这四十多年的天南地北,我们都成了'已故少女',老了!老了!"

这是"抗战五十周年之后,八个白发苍苍的老太太们在天津C的家里"一次团聚时彼此的感叹。第一次听见"已故少女"这一叫法,就觉得极好,好在它时空的穿越感,让人浮想联翩。

一九一九年出生的妈妈,少女时代应该从上个世纪二十年代中叶开始,到四十年代初她做了母亲为止吧。

妈妈说在天津有一段和外婆单独相处的日子非常快乐

在她抱怨爸爸烧了她许多照片时,我这样宽慰过她:"妈年轻时的照片还有这么多呢,这至少在国内是唯一的,没人能和你比啊!"

是啊,妈妈的照片从二三岁留着像男娃的短发开始,四岁被外婆牵着小手穿宽袖晚清缎袍的母女合影,搂着小狗在晒台上的,梳着齐眉穗留海握扇柄露齿的小姑娘。那个年代富人家时兴到照相馆照相,妈和外婆、姨妈、舅舅,有时是三个人照,有时是四人照,各种组合,他们身后是照相馆搭的各色布景。妈长成大姑娘的照片更多:穿时髦呢外套依墙而立的,穿白衬衣长裤学舞蹈拍的,还有站在她的同学家门口、那些租界洋房院落前的,等等。最精美的一张属她的中学毕业照,她和同班女生一样穿着自己设计的淡绿色长款旗袍,细长白皙裸露的胳膊,双手捧着系红缎带的毕业文凭。镂花别针,满月般的浅笑,如同电影明星。两个插满白的粉的鲜花篮摆在她跟前,那高高的提把上缠着绿色的松枝。爸爸在德国时为她放大这张照片,那时已有将黑白照加工成彩色的技术。

妈妈的"已故少女"玉照举不胜举……

"文革"后,妈妈挑选其中几张她喜欢的放大了装进镜框,长年挂在她床头的

妈妈的中西女校毕业照

墙上。她倚床读书看报看电视,和小友们谈心。上面是昔日的"已故少女",下面是将近百岁的老人。同一个人,两种样子,魅力不同而已。所有第一次走进这间卧房的来访者都会被此深深吸引。

值得一提的是,除了挂在墙上的照片之外,还有外婆亲手绣的一双鞋垫,像艺术品一样也镶在框里。本应该还有更多的妈妈当年画的画,做的手工,都是她少女时代的印记。她用绒线绣的米老鼠造型的一个坐垫早前送给我,却被我搬家时弄丢了,现在非常后悔。

自然,老照片里的少女一律穿旗袍,这是二十世纪上半叶中国女子特有的民族范儿,可惜今天荡然无存了。即使近些年还懂得保存传统,也被改造得四不像,面目全非。妈穿旗袍的年头不算短,从天津一直穿到昆明西南联大。到了可以自由驰骋的环境,妈又极有创造力,装束搭配明显已加入现代元素。凭我的记忆,妈妈的旗袍有乔其纱的,有呢子的,我最喜欢的是蓝紫底上洒满鹅蛋形黑点白点的那件。

有这样一个妈妈,她又有一个爱漂亮的大女儿,一个从小喜欢美术的小女儿,在我家女性长辈穿旗袍司空见惯。我和姐姐小时穿的几件好看别致的衣裙,都是妈用她的旗袍设计改制的。只可惜我们的少女时代赶上运动,有谁敢穿这些被贴上封资修标签的衣服出门,还说不定会因此获罪挨斗呢!再说,妈的身材小巧,即使我们想穿也不一定能穿进去啊,直到我变得很瘦,今年平生第一次穿上妈妈的那件黑底碎花织锦缎旗袍,出席了台湾的国际艺术展览开幕式,那真叫"惊艳四座"。我已年过七旬,也成了典型的"已故少女"!

再回溯到一九三八年深夜,妈妈正值花一样的年龄,她和几个女生离开沦陷的天津,在海上望月的意境被妈这样描写:

我最喜欢的旗袍花色

我们四个十八九岁的少女穿着花花绿绿的睡袍,好奇地东看西看,有时低声唱着我们特有的校园歌曲,有时彼此说着谁也猜不出的悄悄话,月光像水一样洗着我们还湿着的头发,好像是在轻轻地梳着梳着,使它更显得乌黑浓密。那样清凉的月色拥抱着那样平静的海,仿佛它不久以前表现出的怒气全被月色温柔地抚平了,而顺从地展开了一幅无边的闪着银点的缎面。我们喃喃说:这多像梦!海之梦、月之梦,就这样任凭它载我们远行吧!是的,这是一些还未尝到人间苦涩的少女的梦……

七十六年过去了,历史永远定格在那个梦幻般的"已故少女"时代。正如《青春舞曲》所唱:

> 太阳下山明早依旧爬上来,
> 花儿谢了明年还是一样的开,
> 美丽的小鸟飞去无影踪,
> 我的青春小鸟一样不回来!

无论如何，我们这些"已故少女"们今天都还活着。活着就是胜利！

（写于二○一六年十一月二十八日，次日清晨修改，十二月三日校订）

抗战中妈妈在昆明西南联大

学号 N.2214 的西南联大女生

这火是光,是热,是力量,是青年。

——朱自清《蒙自杂记》

二〇〇八年,我受《文汇读书周报》主编徐坚忠稿约,协助我妈列出了一份提纲,回忆她在抗战时期西南联大的经历,并规定六千字,这是特稿一整版的篇幅。七月二十一日母女俩终于完成十四个标题,七月三十日修改定稿。总标题是《昆明散忆——一九三八——一九四一》,足有一本大书的规模。

一晃十二年过去,眼看老妈步入耄耋之年。提纲没一点进展,并没变成应该变成的文章,更谈不上一本书。我实在不敢多催促老太太,让她感到压力,看她和家庭助理小陈过得悠然自得,每天很有"一定之规"的日子,总不忍心去打搅。只是作为最懂她心思的女儿,我除了惭愧,更多是一种惋惜的心情,惋惜那么多出自全世界独一无二的最穷的大学——西南联大真实的校园生活、一个外文系女生的视角,将被一一淹没了!

有时我多想有一种魔力,让我飞回一九三八年至一九四一年的昆明,替妈妈重新过一把战火纷飞年代流亡学子的生活啊,当然只是痴心妄想而已!

其实这些年妈妈的联大故事我也听了不少,有些桥段还不止听一回。但毕竟没亲历过,落到笔下总怕会失真有误。正如妈妈说过"战争带给我们不同的生活遭际"。今天借出书的机会,重拾十二年前的提纲,粗略梳理一下妈妈这趟从此改变她一生命运的远征,斗胆将我了解和理解的联大片段往事,用我的角度试写一下。

一

一九三八年的夏天,距今七十八年。外婆在留学英国的舅舅说服下,做出了一个大胆决定:同意她的将满十九岁的小女儿离家南下。像当年一些爱国青年奔赴延安一样,许多年轻学子为了不当亡国奴,不甘荒废学业,如同保存知识的火种似的,投奔了清华、北大、

西南联大外文系女生杨静如

南开三所名校组建的西南联合大学,地点——昆明。

一场如同保护故宫文物那样的称得上伟大的迁徙从此

掀开了历史画卷。

后来做了我们姐弟仨的妈妈便幸运地成为其中一员。

外婆的决定并非空穴来风。一九三八年的天津危机四伏,一年前卢沟桥事变发生,"九·一八"的屈辱感仍笼罩在这个天津中国银行前行长的杨家。妈妈在回忆外婆的文章里这样写道:

> 其实她很爱国,坚持读报、翻阅那时的进步文学书籍。在抗日烽火燃起时,她曾满腔热情地带着家人女仆等赶制棉军衣支援前方抗日将士,家里到处放着一堆堆已制好的与还未完全制好的崭新的灰棉衣。母亲从早到晚忙碌着,缝纫机的轮子不停转动,我站在一旁,钦佩地望着我那极有毅力的母亲,我觉得骄傲,但又为我自己的落后感到压抑。(关于《巴金书简》)

妈妈从十七岁时开始和巴金通信,倾吐她的苦闷。她羡慕《爱情三部曲》里青年人的勇气,"向往飞向宽阔的天地"。中西女校毕业后,经过中英文考试她曾被保送进南开大学,学校却遭到日军轰炸,因生了带状疱疹病误了燕京大学的数学考试。闲在家里,她写信写诗看电影画画,过着富家小姐衣食无忧、然而又被她称作是"金丝笼"的生活。

让妈妈离家的一个原因,是她写的小诗《失去爸爸的孩子》视为抗日诗被日本人盯上了,这消息是《诗讯日报》执行主编张洛英透露给她的。那天她上街去买明信片和信封,张拦住她家的黄包车说,主编邵冠祥已被捕,劝她早离开天津。这当然是极危险的信号,外婆家虽在租界,日本兵也会随时来搜查,恐慌之中的妈妈赶紧回家处理她认为的进步书刊,包括涂掉书上盖的笔名图章。邵主编牺牲在狱中。张编辑后来也被抓,不知为何他被放出没事了,妈猜他是"变节"了。妈在昆明还见过他,已改名。

一九三八年七月七日深夜,妈妈十九岁的农历生日还差几天。

> 我们这些年轻人心理充满着爱国热情,急于离开沦陷区,那些表面上仍然歌舞升平的所谓"租界"迟早要被日本鬼子占领的,不安全的预感迫使我们的家长不得不同意把子女送到被认为是安全的地区,而我们向往的是自由。
>
> 丢下我那被我称作"金丝笼"的家,我的宝贝唱片,我收藏的各种画片,还有各种大小的洋娃娃,当然还有十分珍贵的巴金的十封信,还有早已在信封上编好了号码的用缎带捆住的共四十封的另一扎信。(《看见月光想哭的孩子》)

文中提到的那四十封早已灰飞烟灭的信函,等我记事后,才清楚这写信人正是我们称作大李伯伯、巴金的三哥李尧林。妈妈在二〇一三年复旦大学出版的《青青者忆》关于《巴金书简》里已写明了葬送这些珍贵手迹的缘由和时间:

> 一九三八年冬,盘踞天津的日本兵突然进入租界,开始在英、法租界搜查,当时我已去昆明西南联大读书,留下的书信与一批书籍全放在两只大木箱内,母亲

迫于形势,便把我所珍藏的十几封巴金的信,以及其他信件烧掉了。

许多年后,在一次《渤海日报》的约稿后,妈妈写下了一篇美文,题为《翡翠摇曳的十七岁》。开头第一段这样描写:

> 十七岁是美的,美得透明,美得令人心醉,觉得面前总是一片碧绿,开着淡紫色的小花,恨不能用手紧紧地抱住,绝不让它悄然随风飘逝!
> 我仍旧听得见当年那些少女的欢快的笑声,笑得那样畅快,那样甜兮兮的,也是那样傻乎乎的。
> 十七岁孩子的幻想就同天空的云彩一样千变万化,但总是很美很美的……

离开天津,即是妈妈告别这段如翡翠般晶莹、因多梦而美幻的少女时光。她没想到和她称作大李先生的李尧林在海河边的约定,今生注定成为泡影。

就这样,妈妈和几个同学在那个盛夏夜登上了豪华的英国太古轮船公司云南号,从天津开往香港,同行的还有妈的堂弟杨纮武。年轻人尽管兴奋开心,哪管挥手作别的母亲们泪眼婆娑。

近日意外地在周定一老先生寄给妈妈的信封里发现一份旧剪报,这是一九九一年九月十六日《人民日报》海外版第七版上刊登了妈写的散文《皎洁的明月》,文中细致描绘了当年那腴轮船缓缓驶离海河后,几个女生夜航望月的情景:

为了从此再也不会看到那些到处悬挂着的令人憎厌的太阳旗,我们感到特别轻松愉快。每天吃过晚饭,我们梳洗一番便坐在上层甲板上的一支支帆布躺椅上望海,一直坐到夜深人静之时……我们梦想着不久将各自走向不同的陌生城市,去猎取更多的知识,因为我们绝不愿在日本侵略者的铁蹄下苟安偷生,我们不要虚度年华,不能辜负老师们的期望,立志做一个对祖国人民有用的人!

香港是这些年轻人的第一站,逗留了十天,妈妈住在铜锣湾一带,属于中国银行的别墅区,她称这是她"最后的贵族生活"。她说那时胆子大,每天出去瞎转,一点不害怕,乘的是双层叮当响的电车。妈至今还保留着香港贫富悬殊的印象,她提到"棚户区",那是破烂和肮脏的代称。她自然更不会知道,就在五个月前,一个姓赵的温州青年也路过香港投奔联大,日后会走入她的生活,成为我们的父亲。

离开香港一行人改乘法国邮船,到处在打仗,去云南只能绕到越南海防。他们改坐火车,坐了四天,头两天还是可以坐的客车,后来两天是没座位只能席地而坐的"闷罐车"(货车),车厢里弥漫着臭烘烘的气味,让妈妈一提到越南就用"酸臭"二字。这"闷罐车"夜里不开,每日还要天不亮去搭车,天黑前又拖着疲惫不堪的身体下车找住宿。妈说她的生活水平不断在下降,从豪华的头等舱、西餐,降到二等邮轮。在海防住中国银行订的商务酒店。到了河内住进一家中级旅店,进入云南边境后,干脆和同学们一起住到简陋潮湿的小客栈了。一九三八年八月上旬,他们终于抵达目的地昆明时,这位杨小姐俨然是一个地地道道的平津流亡学生了。

二〇〇一年,八十二岁的妈妈用文字描述他们重见祖国的那一刻,仍不失昔日激情:

> 在进入云南边境时,我们感到又回到祖国的怀抱里了,一看到国旗,便从闷罐车的又湿又脏的地上跳起来,每天从清晨起盘腿坐在地上直到傍晚,那种疲惫,那种晕乎乎的感觉一刹那全消失了。我们对着车厢外的云南大兵激动地唱起一连串的抗日歌曲。

前后一个月的颠簸旅程,包括在香港等了十天船票,到此算结束了。

二

重翻妈妈的书文,回忆抗战时期她在昆明最初的流亡生涯的经历,除了《看见月光想哭的孩子》,还有《勇敢点》、《那一锅菜粥》、《"挂灯笼喽"——一九三八年秋天在昆明》。只是妈妈的文章总写得很长,句式也长,洋洋洒洒,天马行空,浪漫富有诗意。要想梳理出她从投奔西南联大到因生孩子辍学离开昆明,这三年实实在在的足迹头绪,包括搬了那么多次住处,邂逅了那么多在中国文学史、近代史上了不起的学者、同学,轰炸、苦读、诗社、泡茶馆甚至遭遇土匪,等等,就不那么简单了。

好在老妈善于聊天,记忆力惊人!

以下我就采用选段和夹叙夹议试着理清一九三八至一

九四一年那三年里,妈妈的住处搬来搬去的来龙去脉。

妈妈在昆明第一个住地叫南屏大旅社,妈和堂弟,她称纮弟(我们叫八舅),及平津流亡学生一起住进。

> 在滂沱大雨的黄昏中一个个湿淋淋地走进了昆明的雨季。南屏旅社的女主人极热情地关心照顾我们,叫人给我们端来一盆盆热水,但我们住了几天就不好意思久住了,搬到小西门蒲草田一家大户。房主人愿意腾出楼上一部分正房,一大间耳房廉价租给我们。
>
> 那一个月在那高高的楼屋中的热闹生活如今已像一个十分遥远的梦境了,一个充满着少年少女吵吵闹闹嘻嘻哈哈的梦!不久由于各人经济条件不同,就像"文革"期间的插队落户一样,最后各自寻找新的落脚点,每个人继续自己的故事了。

需要提一下是南屏旅社的女主人姓刘,是云南一个军长的遗孀。妈说她很有文化教养,疼爱这些流亡学生如同母爱。我想刘太太一定仁慈良善,"一直帮助青年学生(包括地下党)做一些她认为该做的事。全国解放后她是全国政协委员,当然在'文革'时不可避免地遭难,落下一个非常悲惨的结局"。妈妈回忆道。

第二个住地叫杨公馆,位于昆明小西门蒲草田。她形容是"真正云南式的古老建筑","士大夫的深宅大院"。在那住了一个月,只有妈和纮弟能交得起房租。妈说那家女主人也姓杨,很喜欢她,甚至问她是否是当时红极一时的演员白杨的妹妹。

在蒲草田时开头大家满街逛,想尝什么,就尝什么,那么多没见过的吃的,不同的吃法,有时集合起来到正义路上有名的大饭店"共和春"吃一桌客饭,有时大伙买米面自己动手,做顿北方风味的菜……吃了过桥米线!焖鸡米线,还吃了饵块!这时我们搬到大西门青云街,便在邻近一家专营包伙的小铺解决了民生问题。这里习惯送两顿饭,一顿上午不到十点,一顿下午不到五点,每天老板娘用托盘送来,饭菜是热的,辣得我们直流眼泪,还不停地说:"好吃得很哩!是啦吆!谢啦咯!"

这是第三个住处。

我和纮弟依靠一位与我们从天津一路同行的长辈北平艺专教务长的郑颖孙先生帮助,搬到了他所住的青云街楼下,一板之隔的两个斗室一般的门面房子,到晚上关门上板,点上煤油灯,我们觉得有趣且富有诗意。这临街的两间小屋实际上是一间,后面有一个不到二尺宽的楼梯,实际上也只是踏板略宽的样张子,不过上楼时右手还是有一条木杠可扶。楼上两间是郑颖孙先生租下来的。这排房子后面大院里一排与我们相对的正房,楼下住着杨振声先生和他的子女,楼上则是沈从文先生到昆明后第一个住处。

她说这段时期的生活丰富多彩,他们看电影,唱歌,为《战歌》刊物写诗,参加抗敌文学和漫画班,那是青年会的漫画班,妈本来就喜欢绘画,曾经幻想过去法国学画,但是外婆不让,认为画画会穷死,但不反对她学画上当地青年会组织的漫画班。当年的漫画诗歌都为了抗日而作,她和诗人穆木天、雷石榆、罗铁鹰一起开过座谈会,她的抗战诗,前几年理东西还见过,可惜后来又找不到了。那可是出自一个十九岁少女的锋芒毕露的笔。妈妈一向酷爱话剧,她在昆明看了风子演的话剧《祖国》。

搬来后不久昆明有过一次预防警报,城门楼上挂了一只红色的球,当地人纷纷出来观望,喃喃地念叨着:"挂灯笼喽,哪里真会有敌机呦!"于是没有人有恐惧之感。但又有人说城外躲躲,至于躲什么似乎也没有概念。我们觉得很好玩,便从圆通公园穿过到北门城墙外不远的菜地上坐下来,我们这两个十八九岁的年轻学生最有兴趣的还是一路上买些约一尺来长的黄色胡萝卜一点点啃着,望着红色的警报球会不会增加一个,那就该是空袭警报了。这时昆明空军基地的飞机也纷纷出动,不是为迎战,而是和我们一样"跑警报"。最后胡萝卜吃完了,警报也解除了,我们溜达出城,溜达回城,都在说下次可不"跑"了!

但不久,就在青云街,妈妈他们真的第一次经历了大轰炸。

九月二十八日,天空晴朗无云蓝得令人心醉,我们这帮年轻人喜欢说"蓝得像马德里",这是从一首诗上学来的,其实谁也没有去过西班牙内战时的马德里。纮弟正和我商量到哪儿去,因为恰好又有两个年轻人来闲聊。忽然听街上乱起来,人们相互招呼着:"挂灯笼喽!"我们出门对城楼望去,果然挂了一个球……

忽然我们听到习河岸隆隆的声音,同时又响着空袭警报,也没有那短短的像催命似的紧急警报的汽笛声,我们刚说:"这是我们的飞机跑啦!"忽然发现不对了,三架涂着太阳旗的敌机猛地在头顶上掠过,紧急警报同时鸣响了。可谁也没时间去想怎么回事,突然一种十分刺耳的尖锐声使我们不自觉地捂起耳朵,跟着好像前前后后都开始了震动耳膜的爆炸声,眼看着闪亮的炸弹一个个落下来,大地在颤抖,砖瓦坠落,玻璃一块块掉下,人在哭喊,而我们这些人都还没想明白这是怎么了!只有施女士在炸弹落下时抱着头叫着跑回后面她屋里。我们都站着,确实是怔在那里,只有沈先生是最镇静的人,他在冷静地分析炸弹落在何方,他担心才从湖南迁来没几天的联大师生才安顿下来,会不会有损失。

轰炸后我们到处躲了一下,见到曾同我们一路到昆明的伙伴们,有的满头满身是土,狼狈已极,带来的衣物有的也炸光了,唯一感到安慰的是熟人中没有受伤的……那时我们才十八九岁,正如巴金先生所说的"开花的年龄",谁愿意这样糊里糊涂地死去呢?然而我们都在希望而且相信我们的高射炮甚至步枪都可以把仅仅几个鬼子冲下来低飞扫射的飞机至少打下一两架来,后来确是打下过一架,在野外我们看着它尾部冒着黑烟坠下,欢呼着跟欧战电影一样。我们兴奋地到陈列着残骸的地方参观,回来后我写了一首诗《破碎了的铁鸟》,好像是发表在当时抗敌文协的诗歌刊物《战歌》上,不过是一首简单幼稚、充满激情口号的抗战诗而已。

跑警报是那三年战争时期的一大特色。妈妈继续写道:

> 无论如何,"九·一八"的轰炸给我们这些向往安心读书救国的中学生带来了不安定和许多疑问,在这之前我们从来都以为对付日本鬼子只要齐心抗日,要不了一年就可以"打回老家去"的!从此每天早上开门第一件事要看城楼上有没有"挂灯笼"。当地人往往自言自语地说:"鬼子机又要来整喽!白森森的炸弹呦!亮堂堂地往下落喽!"于是每天人们纷纷出城,傍晚陆续回城,疲惫不堪。有人挑着箱笼,有人抱个小包袱,慢慢地人们学乖了,我们除了胡萝卜还带着《一百零一世界名著》和其他的书,背小娃儿的妇女带着针线、鞋底,还有谈情说爱的,挑馄饨担子的,卖各种小吃的。再往后西南联大开学了,有的老师干脆准备在野外上课,到处朗朗书声夹杂着歌声笑声,还有的大学生在热烈地为严肃的问题争论不休,敌机一来,就跳到附近的壕沟中或田埂下,满不在乎地抬头望着有几架飞机,炸弹落在何方,有人还积累了几条应付轰炸防耳朵震聋的经验,说得头头是道,却没有人认真去做。我们最喜

欢谈论的题目往往是等解除了警报我们该吃什么。

不止快半个世纪了,这第一次的轰炸却怎么也忘不掉,我们一到天空晴朗无云时总好像还听得见那种十分尖锐刺耳的像哨子一样,却又像锯钢条似的划破天空,像把昆明的蓝天都要撕裂了的那种揪心的声音。

妈妈在青云街最重要的是结识了一辈子的恩师之一沈从文。沈先生喜欢说"少男少女要勇敢些",曾鼓励妈吃羊的口条(舌头)和灯笼(眼睛),我妈坚决不吃羊眼睛。

在《梦萧珊》和《昏黄微明的灯》里,妈妈都回忆了三个联大女生结伴去看沈从文的往事,不过那是她离开青云街之后的事了。那时沈先生的妻子,妈叫三姐的张兆和已携儿子龙珠来到昆明团圆。这天可能是除夕,她和陈蕴珍、王树藏在沈先生家"昏黄的煤油灯和红烛的光影摇曳下聊个没完,听着沈先生浓重的湖南口音的笑谈,谈林徽因,谈诗和散文,谈我们这些少女应该在一起珍惜这读书的好时光……我们吃了又谈,谈了又吃,完全忘记我们该赶夜路了,忽然发现已是午夜,这下恋恋不舍地站起来。三姐怎么也不让我们走,怕路上遇见'强盗'。我们却嘻嘻哈哈地满不在乎:'我们是三个人哩!三个人足可以打一个坏人!'沈先生看着我们:'啊哈,三个勇敢的少女!'树藏摇了摇手中的甘蔗:'瞧,我们有这个!'沈先生大笑,三姐不停地说:'不行!不行!'最后他们还是只好端着油灯,送我们走出大门……"

妈说这是她们"三个人唯一的一次在一起夜行,没有多久,我们各自走进不同事物命运"。三个勇敢的少女当时各有感情牵挂,思乡,西南湿冷,吃不饱,却对未来充满梦幻般的憧憬。后来,只有做了巴金夫人的陈蕴珍阿姨获得了初衷。

三

一九三九年,妈已搬到昆明第四个住处——城外农校的一个小楼里。农校是联大开学后,校方租借的中学、专科学校,为大批学生们临时筹备的落脚处之一。妈妈作为南开大学中文系的保送生(根据中学毕业分数她只需考外文和作文两门),她入联大外文系免考了。为区别清华北大两校,她被归到N字打头一列,学号为2214。这件事记了一辈子。当时男生开玩笑说:"P字好,T字香,N字没人要。"(P字指北大,T字指清华,N字指南开大学)

这一时期妈说发生了好多事,一九三九年她参加了高原文艺社,它的前身是在蒙自成立的南湖诗社。该社由十五个爱好写诗的学生发起,其中有穆旦、周定一、林蒲、陈三苏、向长清,还有我爸。诗社的诗作经常直接抄到粗劣的纸或报纸上,贴到教室外墙的壁报上交流。还有各种社体活动的通知,各系先生的讲座报告的地点,这些内容每天都会更新。我不清楚是否就在这些活跃的诗

爸爸妈妈结婚初期在昆明

文活动的一天,妈妈和爸爸相遇了,命中注定他们今生今世会走到一起。爸爸说在一次文艺晚会上见到妈妈穿着黑底碎花旗袍和红色开襟毛衣的第一印象,让我每每想起来就充满诗意。而妈妈从没讲过这件事。妈妈关于这一段的提纲里提到和同学在月光下操场上散步并没有爸。不管怎样,后来也从天津避难到内地的外婆请妈妈相熟的同学到家里吃饭的那一次,男同学只去了我爸爸。联大的几个同学给我爸起了绰号"Young Poet"(年轻的诗人),后来叫开了。

杨小姐出手阔绰,和舅舅一样慷慨大方,对钱没有概念。人家女生下馆子总是男生掏钱,可我妈不懂这些,照样给男生买单,因为她总记得外婆叮嘱的"出外不要小气,叫别人笑话"。离开天津前,外婆一定给妈备足了齐全的行囊,单说旗袍就有很多件,妈的审美又极好,包括毛衣外套件件都雅致好看,这些样式花色我到现在都还记得。联大女生的穿衣打扮随意,没有条条框框,无拘无束。我看过一张已很模糊的老照片,爸爸妈妈和几个同学并肩前行着,青春的面庞,开怀大笑着,那真是风华正茂的画面啊!

在联大青年男女恋爱和学术研究一样都自由开放。那时校内出现一个新名词,就是"泡茶馆",爸妈的回忆里都有这个内容。爸爸的文章写得更具体:

> 学校附近如文林街、凤翥街、龙翔街等许多本地人或外来人开的茶馆,除了喝茶外,还可以吃些糕饼、地瓜、花生米、小点心之类的东西,许多同学经常坐在里面泡杯茶,主要是看书、聊天、讨论问题、写东西、写读

书报告甚至论文等等。自由自在,舒畅随意,没有什么约束;也可以在那里面跟老师辩论什么,争得面红耳赤……

我猜妈妈一定是最享受茶馆的一个。她极富语言天才,很快就学会当地方言和俗语,比如"你吃过饭了吗"当地人是"你家请啦咯",然后回话要说:"是勒么!"

妈妈第五个住处在昆明师院联大的宿舍,这是一九三九年到一九四〇年,联大师生已经到新校舍上课了。这时期联大有了自己的剧团,妈看了风子演的话剧《祖国》、《原野》,还有同学们演出的话剧《黑地狱》。

一九九八年三月,爸爸在《离乱弦歌忆旧游——纪念西南联大六十周年》里写道:

> 后来又在昆明城外西北部三分寺一带买了一百二十多亩土地,找了一个新校舍。除了图书馆和两个大食堂是瓦房外,所有的教室都是土坯墙铁皮顶,而学生宿舍各类办公室统统是土墙草屋。

二〇〇八年九月二十一日我第一次有机会到昆明,终于见到了联大的土坯墙铁皮顶的教室,只剩下一间作为文物供后人参观。身为晚辈,又是家里唯一找到这里的人,自然百感交集,虔诚地推门走进教室,黑板右侧墙上挂着那首西南联大校歌。想象中爸妈当年就在如此简陋条件下,接受中国乃至世界最顶尖又最具人文精神的教育,用人类最优秀的文化遗产滋养自己。正如西南联大《校史》前言这样评价它:"创造了战时联合办学的典范,发扬了民主治校的精神,培养出了一大批'创业之才'。"想到爸爸走了九年,在他生前没能陪他回来一趟,不禁哽咽了,便拿粉笔即兴地在黑板上写下:"爸爸,我回到了你的学校,你可以安息了!"

请跟我再回到抗战时的昆明。妈妈的提纲上出现了大西门玉龙堆这个名字,它是妈妈的第六个住处。一九四〇年八月十三日,妈妈爸爸特意选择淞沪战役这个抗战纪念日登报结婚,并在昆明大观楼度过战时的"蜜月",从此有了我们这个家庭。只是短暂的家庭生活跑警报成了家常便饭,玉龙堆小院中了炸弹。所以在第七个住大西门处凤翥街的提纲上,妈妈列了这七个字:"跑警报、轰炸、待产。"我的大姐、外婆的第一个孙辈,一个叫小苡的娇美女婴即将出世。

到了第八个住处,小西门外正字学校是学者水天同教授办学,妈妈在提纲上特意标上:"一九四一年三月四月。"这是又一次大轰炸的日子,住在学生的课堂楼上、年仅二十二岁挺着大肚子的妈妈跑警报躲炸弹该是怎样的艰难!

一九四一年三月二十六日,我的大姐赵苡在现在的昆明第一人民医院降生。苡是妈妈的笔名之一,后来终生沿用。很久以来,总有好奇者问:是先有杨苡,还是先有赵苡而后有杨苡的笔名呢?我妈总是笑而不答,因为事实太简单了,她不屑解释。

妈妈第九个住处在昆明上西门外岗头村,是昆明南菁中学(从城里因轰炸搬来)。那些年(一九四〇——一九四四)她唯有写信给巴金倾吐得到精神支撑,沈从文和巴金一直鼓励她多看书多写。巴金信里的一句"相信未来是美丽的"成了她一辈子的座右铭!

一九四一年十一月妈妈奉母亲之命飞赴重庆。晚年的妈妈把提纲的这最后一个标题定为:永别了昆明。

(二○一六年十月三十日完稿于北京,十一月二十五日修改,二○一七二月妈妈修改)

妈妈怀抱初生的大女儿赵苡

落　生

二〇〇一年四月五日下午的三点钟被我昏睡过去,事后才知这是我的出生时辰。妈妈的电话恰是在这一时刻打来,她向我讲述的五十六年前的往事让我震惊。她极为直白而幽默的口气,简直不像在说自己当年分娩之惨烈,而我,作为制造这场痛苦的元凶,只好处于抱歉与感激交织的复杂心情中了。

这是我平生第一次听说自己的落生细节,应当承认,没有比清楚自己的落生更令人着迷的了。

妈妈说:"你是早产,又是难产,本来希望你能和大姐一个生日(三月二十六日),但没生下来。后来又希望是四月一日,是儿童节。结果到了四月四日,是那时的音乐节。那天她们大吵,我吓坏了开始肚子疼,进了医院又没事了,我又回来。她们继续吵,当晚我羊水破了,阿夫和阿姨找人用滑竿①把我抬到医院。你胎位是横的,手先伸出来,捅进去,转过来再用产钳夹出来。夹你的脑门,怪不得你脑子有毛病。"

"那我是否不足月了?"我赶紧问,这是我最关切的事。

"当然,当然不足月!"她的口气很肯定。

妈妈接着说:"你生下来眼睛很大,怀你时我老看秀兰·邓波尔的相片,我还画过。在医院里你差点被抱错了,我马上认出是你。从医院回来,婆②把你摆在饭桌上,左看右看:'唔,长得挺好,有股男气,可惜是个女孩,就叫多多吧!'"

妈妈和三岁的我在南京丁家桥

难怪我的小名儿除了小采,还有小多多,多余的多。后来多多并没叫开,早产儿给我带来"笨"的名声从此在家族里难以摆脱,再就是"二木头"也常被外婆挂在嘴边。

如今我早已做了母亲,我当然懂,是母亲的呻吟伴着婴儿的第一声啼哭,我的落生正是母亲的受难日!

幸运的是我有一位记性超人和极具表达力的妈妈,这

---

① 中国西南山区的一种供人乘坐的人力交通工具,用竹竿绑扎而成。
② 我家习惯将外婆叫婆。

些年她不厌其烦地重复着自己二十六岁时的这段分娩经历,直到七十几年后,言语变得更加犀利,更加透彻。

保罗·高更①说:"生命几乎是一秒钟的事。"

孕育我生命的一九四四年的八月,我曾在书里②浪漫地这样写:"那个夜晚月光如水,妈妈心情难得的好,一个乖乖女,一粒为艺术而生的种子在她的子宫里种下了。"

感谢上天将我落生在万物复苏春光明媚的清明节,一九四五年四月三十日,苏军攻克了柏林。又过四个月,日本天皇宣布投降。"从此再没有横着太阳旗的飞机的狂轰滥炸了,在我们美丽的国土上,母亲不用挺着大肚子跑警报,父亲不用夹着书本猫在田埂里背诵济慈的诗。"

重庆,这座嘉陵江畔的山城,是我的出生地,它曾发生过校场口大隧道几千人被炸死闷死的惨剧。它雾气迷蒙,就像我对它的记忆一样。

一个人被落生是无法选择的,有谁能搭配自己的父亲母亲呢?我的双亲,一个来自温州,一个来自天津,冰炭难容。他们相遇在战乱,受教于西南联合大学,共同的文学理想和为之奋斗的自由精神使他们白头偕老,赐予我们姐弟仨一个书香之家!

当年和我同时或先后落生的小孩有很多。他们都是中央大学教职员的子女,后来无论赫赫有名,或是默默无闻,倘若健在,都该当爷爷奶奶了吧。

---

① 保罗·高更(Paul Gauguin)(一八四八——一九〇三),法国后印象派绘画大师。本句摘自高更回忆录《此前此后》。
② 《拾回的欧洲画页》,二〇〇一年十月文艺出版社出版。

母亲分娩的那家沙磁医院据说尚在,这在拆风横行的当今不能不说是一个奇迹。四年后我竟然去重庆找到了它,那是后话了。

(二〇一一年十一月三十日零时一稿,二〇一一年十二月一日定稿,二〇一六年十二月三日再修订)

抗战时期的重庆沙磁医院

沪上行

这是十五年前的一件往事。一列舒适的双层火车把我送到了阔别七年的上海,海边独有的温和湿润的气息扑面而来,这令久住寒冷北方的我颇感兴奋。我急切走入这座正笼罩在暮霭中的大都市,方觉得熟悉又陌生,它变了!

年过七旬的妈妈原本要一起来的,这个旅行计划从数月前酝酿,想象中每天随妈去她要去的地方:武康路、淮海路淮海坊①……不料我九号到了南京,妈因感冒诱发了眼疾复发挂了急诊。治疗半月后她说:"小妹,你自己去吧。代表我看看老朋友们。"妈的心事我自然心领神会,这是一份分量不轻的上海情结,她无法"健步如飞"的现实,落在我肩上则变成了一种责任。

妈妈在《淮海坊五十九号》长文里这样写道:

---

① 淮海路淮海坊 59 号为巴金旧居,原名为霞飞坊。

> 每到上海总是会想到那久别了的淮海坊59号,那里有过那么多欢笑的日子,也曾经有过那么漫长的苦熬着等待战争结束的凄苦日子!我想起萧珊曾经寄给我她的宝贝儿子小棠大概两周岁时被妈妈抱着吹生日蛋糕上的小蜡烛的照片,我也想起巴金先生在拥挤的小客厅里哈哈地大笑,那时巴先生的头发多么黑!

文中所讲的分明是指抗战时期。再过几年,这些文坛年轻的爱国者为"天亮了"的新时代献出了火一样的热情和精力。可是接下来运动接二连三,又带给他们多少无助与困惑。

一张妈妈珍藏的老照片,把我带回一九五六年夏天,我们出国前去上海小住,一家人曾到李伯伯家做客,妈妈文章里写了陈蕴珍阿姨:

> 她早已搬到武康路大房子里,陪我做出国服装,又是满面灿烂的笑容,我们呆坐在还没有封闭的大阳台上,孩子们在一个大桌子旁看着一大堆小人书,萧珊望着阳台外那一片铺成的绿茵地说:"我想找人做一只吊椅,长长的、白色的,巴先生和我可以坐在那儿看书,晃呀晃的……"我笑起来,我想我们是得好好"改造",但又改不了,不过我真不喜欢吊椅,我的确怕晕,甚至怕坐小汽车。

这是那天两家团聚大人们的视角。孩子们是指我和姐姐,那年我十一岁,武康路131号大房子后的大片草坪,最吸引我们小孩,开心地追逐玩耍,让自己气喘吁吁。午后,我一人到露台廊下闲坐,大圆桌上堆放着好多花花绿绿的儿童书,我挑了一本便翻看起来。那时我已懂点审美,短袖衬衫,砖红腰裙,齐耳短发因埋头看书几乎遮住半个脸颊。这是在爸爸抓拍的照片里看到的。照片里姐姐也过来坐在我旁边看书,但我不记得白衣黑裙的陈阿姨什么时候也坐到我对面了。现在才明白她是和我妈谈天后过来的。照片里陈阿姨背靠藤椅,若有所思,安详而满足。

我自然不知道妈妈文章里说的:

> 从五五年到五七年,我们所关心的老朋友一个个中箭落马!我们已无法,也没能力去扶一把,只能眼睁睁地看着他们被发配到各地的劳改农场或北大荒去……

更不可能预见十年后一场浩劫,会将有一双美丽大眼睛的陈阿姨做吊椅的美梦击碎。李伯伯远不如我小时见过的精神:

> 一九七二年八月,当他哀痛地望着再也不会睁开那双明亮的大眼睛的爱妻无助地躺在尸床上,他的头发从那时起开始很快地变白了!

二〇〇〇年的沪上行,我最终只去了妈最牵挂的华东医院。九十七岁的李伯伯躺在十七层病房里已很久了。我和小林约好十二月十九日上午见面,她在一层等我,带我乘电梯,穿过长长的过道,我走进了设有里外套间的病房。"文革"后第一次见过李伯伯,我应约写过《我又见到李伯伯》。此刻又要见面了,中国已处在起步的改革大环境里,李伯伯写出了如惊雷般的《随想录》。

为防止外面来探视的人带菌进屋,我只敢站在离病床远远的位置。病房一片素白,洁净非常。我欠身对病床上的老人轻声唤道:"李伯伯!我是赵蘅,我妈叫我代表她来看您了。"老人似乎只是稍稍动了一点,小林怕她爸没听明白,接着我的话音大点声重复道:"爸,南京的杨阿姨叫女儿来看你了!"乘机我赶紧将妈的祝福叮咛说给小林听,让她一一转述了:

> 走进新世纪就是胜利,我希望春暖花开再见面时,你能坐在轮椅上……

妈妈和巴金在上海武康路巴金家合影,赵苏摄影

白发苍苍的李伯伯从枕头上缓缓转过头来了！我惊诧他原本不大的黑眼睛竟然很亮。虽然他没有一点声音,我仍感觉到他的思维仍是清醒的。假如在七年前,我会向老人汇报我做的事,像每次见面那样。告诉他在我的笔记本扉页上题写的"奋勇前进",一直在激励我前行。我特别想说我的散文刚获得冰心儿童文学新作大奖的事,颁奖那天,我第一次走进他倡议创建的中国现代文学馆,在"百年冰心"展厅门上我见到了他写给冰心老人的灼热感人的文字。

一九五六年夏摄于巴金寓所。居中是陈蕴珍(萧珊),赵瑞蕻摄影

但我什么也没说。我被悬挂在病床上方的纸鹤吸引,粉的、白的、绿的;墙上的纸花链和"2001"的字样。听着低低回荡的贝多芬的《命运》,我突然觉得这是一块圣地,从这里走出,我将就更有力量去战胜艰难人生所带来的脆弱。

这一天凡得知我过去华东医院的,都向我投来关切和羡慕的目光。"老人家还好吧?"他们不约而同地问。我这才悟到几乎一生都住在上海的世纪老人,也是上海人的骄傲。巴金经历的也是上海人经历的,他的"讲真话"像一把金钥匙已开启苦尽甘来的国人的思想之门。

这也是我此生最后一次见到引领我妈一生的巴金的最大收获!

(初稿于二〇〇一年一月,二〇一五年五月修改,二〇一六年十二月再修改)

寻访呼啸山庄

大地,唤醒人们心灵的大地,/既能集中天堂诸界,也能集中地狱诸界。

——爱米莉·勃朗特

一

提笔写下本文题目后,我的心变得沉甸甸的。我记起 *Wuthering Heights* 这一书名被妈妈杨苡译成《呼啸山庄》时,她才三十五岁,而现在她已是八旬开外的老人了!在一次回忆中她写道:"有一夜,窗外风雨交加,一阵阵疾风呼啸而过,雨点洒落在玻璃窗上,宛如凯瑟琳在窗外哭泣着叫我开窗。我所住的房子外面本来就是一片荒凉的花园,这时我几乎感到我也是在当年约克郡旷野附近的那所古老的房子里,我嘴不知不觉地念着 *Wuthering Heights*……苦苦地想着该怎样痛切悟出它的意义,又能基本上接近它的读音……忽然灵感而降,我兴奋地写下了'呼啸山庄'四个大字!"

值得妈妈纪念的那片荒凉花园叫陶谷新村,位于南京汉口路西头。一九五四年这个雨夜里,不满九岁的我正熟睡着,我无法记得那天的梦中是否也有旷野上的疾风,但至少可以肯定我在那栋门牌21号的房子里度过了梦幻般的幸福童年,必是受到了妈妈这本译著的感应。四十二年后,在我作为一名中国女画家踏上去大不列颠岛的西约克郡的旅途前,陶谷新村已被建筑队夷为平地,老房子连同那片荒凉的花园。

在英国北部豪渥斯(Haworth)地区的克斯莱(Keighley)小镇上却永久地保护着一幢故居,并建为勃朗特家族博物馆。我的唯一路条是封短信,可是为了找到这个举世闻名却又鲜为人知的胜地,我费尽了周折。一九九三年几经周转,妈妈的中译本终于藏入该馆中,图书资料员怀特女士写信给赠书人帕利先生,托他向未曾

《呼啸山庄》中译本
(二〇〇六年译林出版社版)

谋面的中译作者致谢。于是这封并不长的致谢信便成了我寻访《呼啸山庄》诞生地的唯一路条。

这是一九九六年伦敦深秋的一个清晨,我借的闹钟失灵,还是旅伴一位四川女画家阿鸽叫醒了我。当时我俩栖身在中国留学生白小姐的小客房里,为了参观大英博物馆

寻访呼啸山庄　189

**《呼啸山庄》诞生地——勃朗特故居,速写于
一九九六年十一月十七日英国西约克郡**

和国家画廊专程从巴黎出发跨越了英吉利海峡。往返八天,现在只剩下最后的两天(来伦敦很不凑巧,所有的关系电话都没打通。中国人中没有人去过西约克郡)。"已经七点了,不去算了。"阿鸽继续着昨晚的劝告,"听说那里在下雪,万一……"她对异国的紧张情绪干扰着我,因为我确实有些冒险,马上要动身,连目的地怎么走法还一无所知,加上语言障碍太大。那么如果下一次再去呢?还有下一次吗?已经到了英国却放弃机会,我想我会后悔终生的。为了我那遥远的老母亲我决定闯一闯。

二

乘四站地铁顺着路标很快找到了伦敦火车站。在售当天票的窗口,一位先生很耐心地听完了我结结巴巴的陈述,并向我出示了一串火车数据。我又问他还要不要转巴士,他和同事嘀咕了一会儿,在电脑中搜寻后明确说今天有巴士去西约克郡。我激动极了,不顾身后有一长串彬彬有礼的旅客,继续打听票价等诸多问题。但是很显然没有直达车,两张往返火车票要四十八磅,相当于八十美元呢,我心里嘀咕着。为了稳妥,我想先去打电话征求白小姐的意见再定。打电话需要十个比索,好容易换上零钱拨通了电话。这会儿功夫我已误了一趟最好的一班车——八点十分。这都怪我不懂英国人的铁路符号,白小姐这时很担心我赶不上换乘巴士的时间,"这一耽误恐怕当晚回不了伦敦了,"她说,"别去算了。"

火车站大钟指针在一秒一秒地挪动,显然只要松口气,长久的心愿马上就会变成泡影。在这宽敞又陌生的候车大厅里,我的心在七上八下跳着,像这冰冷的时钟。我实在不甘心啊,撂下电话再次奔到那个窗口:"下一班车是几点?"我气喘吁吁地问,也许是我这个东方脸庞特征突出让他记住了,这位先生不加犹豫迅速地报出开往西约克郡方向的下一个时刻:"910",就是九点十分,卡纸上分明写着。"转巴士只需二十分钟。"他补充说,像有意递给我一粒宽心丸。

买好票我再次打电话给白小姐,叫她转告阿鸽:"等我的好消息!"我对着电话大声喊。兴奋之余,忽感腹空,四处张望找小食店,几位旅客悠闲地在啃三明治,可我买了一杯热咖啡却不敢喝,捧着跑去找一号月台和指定的二号车厢,刚上车坐定,车轮启动了。

三

一九九六年十一月十六日,星期六,这一天我真的出发去寻找爱米莉·勃朗特的故乡时,恍如一场梦。第一趟火车是开往 Leeds 的,车窗外掠过一片片苏格兰灰绿色的原野,九点五十四分,列车驶过第一个小站后便投入茫茫的雾气中。自然它愈来愈向北开,我注意着上车旅客们的冬装,多少有些担心自己会被冻坏。我的体验都来自妈妈的译著中所描述的,荒漠的旷野和喜怒无常的天气。正像《呼啸山庄》女主人公凯瑟琳一样难以捉摸。

我头一回读这本名著时只有十三岁,十三岁的我充满天真和梦想,读不懂痛苦却被痛苦所震撼。在我躺在北方乡下的炕上,绘声绘色地向美院附中同班女生们整章整段讲述这个古老的故事时,我才十五岁。也许这就是缘分,我与《呼啸山庄》天生有缘。我是妈妈的宝贝女儿,妈妈呕心沥血之作便溶进了女儿的灵魂。从小内向寡言的我却有着非常丰富激越的情感特征,不知怎的,随着越来越长大,爱米莉·勃朗特笔下的那种近乎癫狂、刻骨铭心的爱情会使我共鸣。

到达 Leeds 的时间是十一点二十五分,我急需再转另一趟开往 Keighley 的列车。小站上一位身着深蓝制服的女职员礼貌地指着二号月台的方向说:十一点三十四分。我顿时吓坏了,因为离开车只有五分钟了。我几乎是飞奔而去的,又一次刚登上车,车就开了。这是一辆短途列车,车厢少,乘客更少。对面只坐着一个穿黑短裙的英国女孩。她看见我要记录站名,竟然隔着老远用手比画最后几个字母。高个儿列车员来查票,我向他打听再转巴士的时间,他说到站时会通知我。愈接近此行的目标我愈抑制不住心中的惴惴不安。如果是平日,我定会掏出笔和本写写画画,半米远是一个绝好的现代女模特儿。她抹着当今最时髦的灰色唇膏,年纪轻轻却画了乌黑眼圈,我不觉好笑,这形象和我要去寻访的另一位英国女孩的亡灵简直风马牛不相及。

"Keighley!"对面的女孩突然冲我叫起来,指着窗外,瞪着她那双原本很清纯的蓝眼睛。女孩分明是在提醒我下车,因为这正是我要转巴士的小站。不是夸张,这时的我就像一支离弦的箭,"嗖"地跳下了车。这才发觉高个儿的列车员正站在车尾示意我出站。

四

起风了,风很寒,我走进了一个完全陌生的英国北方小镇。匆匆的行人在我身旁擦肩而过,没有人注意我这个穿旧大衣的中国女人现在是多么需要帮助。像上天有意助我似的,不一会儿一位老者走到我跟前。他细软白发,提一大兜重量与年龄极不相称的食品,却精神抖擞,冻得红红的脸上透着慈祥。

你需要帮助吗?他俯身问。我掏出了那封短信,指指印在信笺末端的英文地址,请他告诉我巴士站在哪儿。他微微点点头,示意我跟他走,自己继续携着他的重负。我们走完了一条街,也许是周末,商店的门均关着。橱窗里琳琅满目,可以看出这是一个宁静而古老的小镇。不一会我们来到一个停车场,搭车的人们在上车。老者把我介绍给几位女士。其中有一个胖胖的年轻姑娘,她非常热情地说,没有问题,我会帮助你。

老者远去了,这辆英国大巴士带着旅客们朝目的地 豪渥斯地区开去。房舍变得稀稀落落,平展的旷野泛着绿色、黄色和橘色,几乎不见人的踪影,空气中只有车轮摩擦路面的声响,况且英国人都习惯于沉默。

中午十一点四十分,巴士爬了一道缓坡便在一个小镇口停了下来。不用说,著名的豪渥斯到了。这地名我查了一遍又一遍,所以不等别人提醒,我迫不及待地下了车。载着胖姑娘和其他旅客的巴士继续前行,把我一个人留在了这条灰蓝色的、印有标线的公路上。这里是旷野和房舍接壤处,道边长满高高低低的草丛和灌木,走了不到五十米,我在一个小小的十字路口上,发现了一块非常醒目的路牌正伫立在左侧拐弯处,正是 Brontë Parsonage Museum(勃朗特故居博物馆)。我喜出望外,那一路上的颠簸和劳顿一下化为乌有。一眼望去这里像城镇又像村庄,它是被辽阔的旷野包围着的。整齐光滑的石板铺成的马路带有坡度,从这头延伸到那头不过五百米长。路边的房子都有烟囱,错落有致,带有明显的历史痕迹。几辆汽车停在房前,小商店考究的橱窗里有陶瓷木雕和绣品映照在暖暖的灯光里,这个笼罩在灰白天空下的胜地就这样静悄悄地吸引你走近了它。一幢二层楼的问讯处在石板路的尽头耸立着,它的左右侧横着两条斜街,左边的拐角处再次见到了 Brontë museum 路牌。再经过一家啤酒屋和小教堂,一条幽深而弯曲的小路把我引入肃穆境地。忽然，长长的半人高的黑色石墙出现了，墙头长着青苔，围着一个大院子，院墙内正是豪渥斯镇墓园。

我后来始终没走进这片墓园，我的注意力一直是在与墓园仅一墙之隔的两层高的石砌楼房里。它地处坡顶面向教堂背衬旷野，它有黄褐墙面、白窗黑框，深灰屋顶上还竖立着两只一大一小的烟囱。楼前中央是草坪，杂木和几株品种各异的参天大树，布局得稀稀疏疏。院门右侧上方正悬着一盏雕有 Brontë Parsonage Museum 字样的铁艺标志，它吸引我一步步挨近这个因文学声誉而充满了神秘色彩的英国家族。一八六一年六月七日，它的一家之主佩特里克·勃朗特先生跟随短命而著名的女儿们驾鹤西去，亲友和女佣也陆续散光，这里变成了一幢空楼。直到一九八二年的到来。正是在这一年，故居尘封了二十余载的门被打开了，社会公众要把它建成一座勃朗特家族博物馆，人们将散失在外的手稿和书籍全移交到了这里。

此刻，楼房的白色木门不用我去叩，它半开着。窄窄的门厅，拱形的顶梁，只要在右侧的窗口买一张门票，便可拾阶上楼参观。但我选择了先出示那封怀特女士就写自这儿的信。它虽已被揉得皱皱巴巴，然而其真实的价值足以使眼前的这位管理小姐对一个陌生的中国女人的远道而来热情备至了。

因为我是艾米莉·勃朗特的成名作《呼啸山庄》的中译本翻译家杨苡的女儿！

不巧怀特外出了。我若想看到母亲的译本，只有等明天。小姐表示欢迎我在小镇住下。不用担心，她说，你可以将车票改成 Open 票。

五

参观前,以我的特殊身份免费获得了一本介绍本馆的彩色图册。我这才发现一层的两侧都设有房间,除了 The Entrance 之外,排列第二间的是勃朗特先生的书房。这是典型的老派英国绅士的陈设:光洁的木地板,壁炉,贴着花纹壁纸的墙上挂着油画和版画,主人青年时代的肖像和海浪中的船。两张写字台上各摆放着打开的书,报纸,便签,墨水文具,放大镜和金色带雕饰的烛台。另一长方桌上有烟斗,白瓷杯,盘中有小刀,桌角还立着一尊黑色木雕。据说他习惯一个人在书房里就餐,而且从不改变。看得出这位爱尔兰教士,现任本地区的牧师注重文化,作风严谨,连他的礼帽和手杖都搁置得那么一丝不苟。我注意到一架只有五个半套键的古式钢琴,三条腿琴凳套上了条纹布套。琴谱翻到第二十二页,我记录下这首曲子的标题:Songs Without Words——Lieder Ohne Worte。册中介绍说钢琴制造于伦敦,是喜爱音乐的勃朗特先生专为孩子们买来的。艾米莉和她的哥哥都弹得很棒又各有风格,她喜欢边弹边唱着。只有夏洛特从不弹琴,因为她的视力太坏了。

我走进了左侧的客厅,踩在玫瑰红的地毯上四处打量。一八三七年,十九岁的艾米莉画了一张速写,画面里的两个女孩就坐在这间客厅中央的方桌前。正面托腮的是妹妹安妮,那背身着长裙的是她本人。姐妹俩是在写作,也许她正写下"然而如今当我希望歌唱/我的手指却拨动了一根无音的弦"的句子。母亲介绍说,艾米莉写过一些极为深沉的抒情诗,有的已被选入英国十九世纪至二十世纪中二十二位第一流诗人的诗选里。母亲在译后记中告诉读者:"她们自己筹款以假名出版了一本诗集,却只卖掉两本。"应该说没有艾米莉的诗被意外发现,就不会有三个叫贝尔的诗集合卷本诞生。但是两年后当勃朗特三姐妹仍以此笔名又端出小说时,竟惹得出版人一通张冠李戴,她们这才不得不和盘托出了真实身份。

或许,爱米莉画的自己正伏案写着她和妹妹创造的那个贡达尔王国故事呢。这些出自心中最初的情感特征与戏剧性的语言,可惜文本没能保存下来,单从手稿上看,可以联想到她后来的许多诗篇。牧师先生的一家人全都酷爱绘画,而艾米莉的天才已经通过这幅速写里的泼辣而奔放的线条充分显示了,这是我最熟习的表达方式,它大大缩短了我和这位乡居在一百年前的英国女孩之间的距离。我掐算了一下,自费出版诗集,是在画这张速写的九年之后。又过了十一年,艾米莉在方桌旁的长沙发上与世长辞。

在陈设着老式烤箱及茶壶的小厨房里,我看见了一杆秤。牧师多子女,收入微薄,需要算计过日子。我感到意外的是,艾米莉竟担负着繁重家务,就像穷人的孩子早当家一样。她每日起身最早,烹调,熨衣,并烤制全家人食用的面包。木桌上还摊着她的书、纸和铅笔。她一直是个心气很高很用功的女孩,无论是在布鲁塞尔的学校里,还是在家中。她喜欢同时做几件事,在厨房里插空自学德文,还记录下瞬间掠过的思绪火花,她希望通过这些书籍开阔眼界。

接着,我参观了夏洛蒂的丈夫,亚瑟·贝尔·尼科尔斯(Nicholls)先生的书房。他是勃朗特先生的副牧师,他和其他几位副牧师都先后追求夏洛特,只有他被应允了。这使得他的妻子在三姐妹里,是唯一享受过婚姻幸福的女人,虽然还不到一年。现在我可以上楼去了,楼梯口伫立着一座本地制造的长形且古朴的大钟。指针指在九点五十分,这是勃朗特先生日复一日地闩好大门,上完钟后就寝的时辰。

我终于看到三姐妹的画像!它就悬挂在楼梯转弯的墙面上。伦敦的肖像馆里也陈列了同样一幅。我无法辨认哪是原作,哪是赝品,我只知道它出自这个家族中唯一的儿子勃兰威尔之手。他个子矮小,好喋喋不休,全然不像他那沉默坚毅的父亲。他曾做过画家梦,又是唯一的由父亲亲自教育的孩子,而免受上学路上的风吹雨打。不幸的是他的性格缺陷,最终让全家人的期望和姐妹们所做的牺牲付之东流了。因为一次不甚光彩的失恋,勃兰威尔开始长时间酗酒,甚至抽鸦片,放荡而落魄,以致在一个秋雨绵绵的季节里丢了性命。据说他对待家人如同暴君,却有才能画出画像,画面略显粗糙,但为后人研究勃朗特姐妹提供了珍贵的形象资料。

二层是第六至第十个房间。先是两位女佣的,南丝和玛瑞。随后一间是夏洛蒂的房间。它原先由勃朗特夫妇居住,一八一二年十二月二十九日,他们一个三十五岁,一个二十九岁,经过数月的交往走到了一起。这一结婚纪念日后来由三姐妹订制在一块精致的牌匾上,以谢养育之恩。她们的母亲玛丽亚·勃兰威尔是康瓦耳郡商人之女,她一生默默无闻,唯一的贡献是生下了六个儿女。但她肺病缠身,并遗传给了她的孩子们,加上教士之女的寄宿学校环境恶劣的原因,导致了她的头两个女儿夭折过早。我翻遍图册找不到这位三十八岁就撒手人寰的勃朗特太太相片,那一年,小艾米莉刚满三岁,全家人随出任牧师职务的父亲从桑顿搬到豪渥斯地区才一年。现在小屋里尽是她的后来名扬天下的三女儿夏洛特的日用品:帽子、鞋子、手套、扇子、珠串和戒指,还有木漆盒以及父亲和朋友送的精致的中国茶具。一件浅色花长袖连衣裙,说明夏洛蒂是个身材矮小的女子。她的一部分的书稿、日记和信件都保存完好,她的油画肖像是她三十四岁时的样子,那时她的小说《简爱》已出版三年并获得成功,难怪画中的她面色红润,含笑而目光清澈。

然而大妹妹艾米莉的运气远不如姐姐。母亲写道:"《呼啸山庄》的出版并不为当时读者所理解,甚至她自己的姐姐夏洛蒂也无法理解艾米莉的思想。"

故居的第八间正是这个"表面沉默寡言,内心却热情奔放"的女孩的卧室,大约只有七八平米。据仆人们回忆说,这原是一间孩子们的学习室,没隔开前房间很大。大家都聚在这里玩游戏,读书,低声低语地交谈,或是凭空想象编写他们的小书和杂志打发时光。文学和绘画并存是这些孩子的共同爱好,勃兰威尔画的艾米莉的侧面肖像,如今已剥落不堪,艾米莉笔下的懒在床上的猫,我们只能在她的速写里见到了。离我仅几步远的这条雪白床罩下,曾睡过一位敏感而忧伤的女孩,她翻阅过的书本、木偶兵和蓝花杯子正散放在小屋四处。假如她还活在世上,该有近两百岁了。

最后的两间房,一个是勃朗特先生鳏居后的睡房。他曾企图续弦,但最终放弃了。也许这使他变得脾气古怪而暴躁。他请来孩子们的姨母照料生活,是她把男孩宠坏了。

而以严厉得近乎冷酷的教育作为父爱的唯一样式,勃朗特先生把女儿们一个个送入生活条件极其恶劣的寄宿学校,而不顾她们体弱,更不顾她们的感受。我走进另一间家族收藏室时,注意到一只灰黄色的石雕狗,它折断了一只耳朵。艾米莉常牵着爱犬 Keeper 在旷野上散步,到山中的小溪边走一走,任凭高地和山谷里吹来的风呼唤。她的一些美妙而深沉的诗句记录下那情景:"我们曾坐在这儿,/能够躲开尘世,/除了连绵的荒原之外,/只看见一个明亮的太阳和一个光荣的天空。/"她总是孤寂的,她为她画的彩色素描肖像,那神情也充满着忧郁,如同它的女主人。

最后我走进一间展览室,它设在博物馆的末端。这里在过去派什么用场我不得而知,如今陈列着这个家族的历史图片和搬家路线图。我细细阅读,费了牛劲,我才了解到一个十六岁的农民出身的贫苦少年是怎样靠自己奋斗,走出了唐恩郡乡间的一家多子女的草屋,进入名牌大学的,后来他又怎样因学业优良品貌端正当上神父的。这就是勃朗特先生。他甚至为了摆脱平民家底的阴影,更换了祖辈传下的姓氏。不可否认,他的生存改变和素养追求,影响了艾米莉她们未来的文学命运。离群索居的家庭生活,读书写作的艺术氛围,加上旷野上自由自在的劲风,小姑娘们的丰富的想象力由此诞生了。整个下午我都徜徉在这个上个世纪英国人的精神家园里,虽然遥远,仿佛又离我很近。

六

走出故居博物馆,发现夜幕已降临在小镇。我大约是这天的拜访者里最后一人,现在当务之急是去找旅馆。回到来时经过的问讯处,在幽暗的街面上,它的灯光显得格外明亮。依然是这位热情平易的太太,下午我抽空去办理换票手续时就认识了,是她帮助我与伦敦火车站通了电话。这会儿她在一本旅店花名册里认真翻找着,因为我希望便宜些。终于查出一家私人开的小旅馆,十一个英镑一宿,她说。相当二十二美元呢,太贵了,我表示着。实在对不起,没有更便宜的了,她说。

其实我该感谢这位太太给我提供了体验豪渥斯小镇的机会,今天回忆起仍意味无穷。那是怎样一个夜晚啊!我孤零零一人栖身于西约克郡的旷野边。女店主交代完钥匙后便把我撇在阁楼里,自己回家了。这有什么呢,老大不小了,还会害怕吗?

这是栋三层小楼,天亮后才看出石砖墙是冷褐色的。窗框屋檐的配色是灰蓝,木门是黑的。白底招牌上写着浅红的字:Heather Cottage,我猜是老板家族姓氏。和镇子上所有的一幢挨着一幢的房子一样,商业标志知趣又巧妙的自我介绍,而决不妨碍建筑风格的展示。我注意到我住的旅店门前还砌了一堵矮矮的灰绿石墙,台阶旁摆着一盆黄色石楠花。

说真的,那夜我可没像现在这样心境平和的,可以绘声绘色地书写文章。我再胆子大,毕竟是在异域僻壤。用神秘阴森一词来形容那一夜的小镇气氛是再恰当不过了,我在乌暗的石板路上游荡,在昏黄的街灯下感觉自己就像是一个幽灵。因为总得先解决肚子问题吧,找到一家晚打烊的小食品店,我克制欲望,只买了一只面包和一瓶廉价的可可奶。然后我去找电话亭向阿鸽报平安,却翻不出一枚先令塞进硬币缝里,只好挑一家住户叩门求助,男主人半天才开门,满眼提防神色。

现在我总可以回旅店休息了吧,从清晨离开伦敦起,整日下来我已筋疲力尽。我小心地给大门上锁,把自己这个唯一的活物,紧紧关在这幢被女主人精心装饰过的空间里。木楼梯窄而陡,它通向一扇橘色的门。我猛然想起母亲的译著中的那位房客洛克乌德先生,他在一次鹅毛大雪天对呼啸山庄的拜访,使他遭遇到一个恐怖之夜。那是一八零一年冬,女主人公凯瑟琳分娩后去世已经过去了二十年。这位房客全然不知山庄的过去,盲目地一步步陷入。那晚他可没有灯引路,得点着蜡烛上楼,然后也像我这样倒插上了门。书中描写男主人公希剌克厉夫的卧室里家具极其简陋,让这位房客一时找不到可供睡觉的床。而我这会儿的视线里正弥漫着英格兰乡间住宅特有的格调,简朴而雅致。它虽比不上勃朗特故居那么考究,也足以让我感受到舒适。我坏就坏在知道底细太多,宿命和好奇心趋使我一撂下行装,便迫不及待地要搜索小屋里的各个角落。简直是无稽之谈!这旅店和那故居,相距足有半条街呢,况且艾米莉小说中的山庄原址并不在镇子上。我却幻想因为地气作用可以找到一点与老故事联系的蛛丝马迹。

我自然失望了。这客房里没有挖了几个方洞的橡木衣橱,充当窗台的搁板上没有发了霉的书籍堆放,更不会有稀奇古怪的什么字痕出现:"有大有小——凯瑟琳·恩萧,有的地方又改成凯瑟琳·希剌克厉夫,跟着又是凯瑟琳·林亨。"相反,这窗台是被现代三合一油漆涂抹得很光,下方是时髦的白色暖气罩。时代早已进入二十世纪末,我面前和全世界一样正摆放着一台电视。我毫无目标地转动旋钮，新闻专题节目里一位前苏联的将军和他的卫兵出现在屏幕上。在大不列颠岛西北部一个小镇的深秋之夜，我啃着面包就着凉奶，对着发生在俄罗斯大地上的革命传说发呆。

写了几行日记，往下再做些什么呢？我明知没有人回答。唯一的声响来自通向旷野的窗外。好像变天了，这是"风的呼啸声和树枝敲打窗户的声音"。似乎隐约听见还有狗吠和人的咆哮声。不由得我的心紧缩了一下，满脑子是风雪之夜里呼啸山庄闹"鬼"的文字，想当初母亲翻译到这一章时，她是否也受过刺激？在译林出版社的一九九〇年精装第一版里，选进了 Fritz Eichenberg 的黑白木刻插图，其中一幅是洛克乌德先生为画面前景，他魂飞胆破翻倒在橡木箱上，窗框外有一张痛苦绝望的女孩脸。它来源于美国的一九四三年版。一九五五年，由上海平明出版社出版的母亲的译本里，附录过同样的插图。本来这个旧译本早以绝版了，但母亲后来通过父亲的研究生在美国找到了最完整的插图。除此之外，我还知道法国画家巴尔蒂斯也为这本名著做过插图，一九九六年他在中国美术馆的圆厅举办的个展中，我和中国观众们有幸观摩到了。

现在我到了诞生这本世界名著的故乡，不知道这一夜自己将会遇上什么。是人还是魂灵？她是来砸门还是来敲窗？带着这种种幻觉和想象我匆匆淋了个澡，洗时还自己吓自己，总觉得有蒙面人潜入，然后随着一声惨叫，浴盆染成了红色。这都怪看多了"参考片"中毒太深。其实我从不会像那些娇女人那样邪乎叫唤的，我的痛苦总是以无声的泪雨来宣泄的。任性惯了的凯瑟琳却不同！当她哀哭着：

寻访呼啸山庄

"让我进去——让我进去!"并用冰冷的手蹭过沾满鲜血的破玻璃窗紧紧抓住洛克乌德先生时,必是把他当成了她挚爱的又无法在一起的男人了。她和希刺克厉夫最后一次见面还是在她的临终前。她痛不欲生地请求他饶恕,她尖叫着:"啊,别,别走。这是最后一次了!"然后"他们又紧紧搂在一起",全然不顾她的丈夫林亨先生已经上楼,脚步声临近。

二十年了啊!凯瑟琳的孤魂在旷野上已流浪了二十年!出于羡慕虚荣,更幻想通过她的"高攀"能够改变希刺克厉夫的被欺辱的境地,她曾背叛了自己最爱的人,也就背叛了自己的心依。其结果害死了自己又害了爱自己的人。她的不幸不是朱丽叶式的,也不是祝英台式的,更不是《孔雀东南飞》。艾米莉这唯一的一部小说超越了常规的爱情格式,她通篇讲的全是复仇,为了失去的爱,为了平等,一场隔代的持久战!写到这里,我不由得记起有一年因为等待腹中的姗姗来迟的儿子来世,靠读书打发时间,读过高尔斯华绥所著的长达三卷的小说《福尔赛一家》。那些延伸到子子孙孙的仇恨,归根结底就是一次"爱"的编排错误。然而,一向"古怪,神秘,影子一般的"勃朗特牧师的第四个女儿,这个苍白纤瘦,不附炎时尚又腼腆的约克郡旷野上的英国姑娘,想要告诉我们的好像远不只是这些。一百多年来,人们为这部惊骇之作震撼着,感动着,引得多少文人墨客著文评说。各种版本的影视剧作纷纷问世,它又通过我母亲的优美译笔以飨中国千百万读者,使之多年来再版频频仍畅销不衰。在巴尔蒂斯致中国年轻画家们的一封公开信中,他写道:"最个性的才更具有共性。"我想,艾米莉的天才小说不正是这样一个独具个性又揭示普遍人性的典型吗？因为歧视，因为不公正的严重存在，在十九世纪英国的劳资矛盾尖锐的社会背景下，当呼啸山庄的老主人，乡绅恩萧在夏日里仅出门三天，从利物浦拣回了一个伤痕累累的黑头发的脏孩子起，当他的长子辛德雷拒从父命与这孩子同屋睡时，其实仇恨的种子已经在这个家庭里种下了。善良的恩萧低估了利益冲撞的厉害，他哪能预料得到，是他自己引来了灾祸，让他最疼爱的小凯蒂长大后要饱尝别离苦痛，最后"只能在自己编织的罗网中死去"呢？

七

这一夜我忘了自己是几点才睡下，躺在小旅店那柔软的白底花儿的被窝里，想着艾米莉笔下营造的那一幕幕撕心裂肺的情景。凯瑟琳和希剌克厉夫手拉手到旷野上自由奔跑的画面又在眼前掠过，使我陷入自己故事的回忆中。女人的一生总会遭遇这样或那样的伤痛，只因心中有爱。但是能写出来并且有价值只有少数。译著的末尾有句传世之言："在那平静的土地下面的长眠者竟会有并不平静的睡眠。"艾米莉一生从未婚恋过，但绝对恪守没有爱情宁可独身的信条。她能写出如此深刻撼人的爱情实在惊人，这本身就充满着神秘色彩。英国小说家毛姆分析说："她在书中泄露了她内心深处的本性。"这是一种狂热且压抑的情感，我同样也经历过。我甚至发现艾米莉和小时候的我一样的害羞。她看见陌生人走进厨房，会像鸟儿似的飞到别处，直到听见这脚步声离去。我也有过钻桌子底下以躲开家里来客的狼狈经历。我更惊诧地看到母亲介绍说，在乡野僻壤长大的艾米莉并非对政治孤陋寡闻,她的正义感和给予受苦人们的同情心决定了《呼啸山庄》的诞生。而我的母亲这些同样的品质都传给了我,使我看重并一直坚持着。

在故居里曾抄录下艾米莉弥留之际的说明,英文相当长,大概的意思是一八四八年九月二十四日,勃兰威尔去世。艾米莉在葬礼中受了风寒。同年的十二月十九日临终这天早晨,她拒绝看医生,继续做这事那事,包括针线活。直到中午,她才突口喘着气请人去找医生,但是已经太迟了。下午两点钟左右,她就跟着不争气的哥哥走了,实年才二十九岁。她一生短暂,才智过人,大部分时光都是在豪渥斯地区度过,因为她到哪儿都会思乡心切,她离不开荒原。艾米莉对家人对邻里及村民总是宽容地爱着,这使她满脑子都是他们的喜怒哀乐。可惜她只来得及写完第一部书——《呼啸山庄》。大量资料说明,夏洛特在两个妹妹过世后有过一段不算短的名作家生活。她三次被邀访问伦敦,见过许多作家和画家。她又写了几本书,虽然都不如《简爱》成功。她还为妹妹们的作品写序和评论,与出版商、报人频繁通信,澄清事实,直抒见解,实际上她充当了勃朗特家族的唯一发言人。一八五五年三月三十一日这天晚上,在她向丈夫刚念了一段新写的文字后便永远闭上了双眼,她死于孕期疲乏症。刚在小镇教堂里当上新郎不久的爱尔兰副牧师,陪伴着岳父,直到他去世后才还乡。

漫长的一夜就这样过去了。第二天清早我下楼去用免费早餐,餐厅里的石墙上悬挂着勃朗特三姐妹肖像的壁毯。豪渥斯小镇上到处可见她们的印记,勃朗特家族已成了全镇人的荣耀。我请女店主为我在壁毯下拍照留影。这天是星期日,故居博物馆闭馆,怀特女士专程赶来与我见面,就在馆内购物部。但是她仍无法打开图书室,那管理人去度假了并带走了钥匙。因此我没能如愿见到母亲的中文译著。我只能在这里尽我的微薄财力,买一些纪念品:皮书签、纪念章和姐妹书信的复制品,带回国送给母亲。怀特欲送我《呼啸山庄》的原著和一本安妮的书《爱格尼斯·格雷》,她打开扉页问,是写你的名字还是写你母亲的,我说当然是母亲。

离开前我想无论如何要画点儿故居速写,才不枉费此行。雨点滴在本上,浸湿了纸,笔迹变模糊了,如同这冷雨扑面的小镇。走回汽车站,雨更大了,还夹着雪花。我又画了一张。回伦敦的一路上我饥寒交迫,满脑子仍是艾米莉,这个在一百五十年前创造文学奇迹的英国女子。火车上我给母亲填写了一张明信片,就在勃朗特故居风景图片的背面。我好像才刚刚懂得母亲为什么单单要选择艾米莉的这本书来翻译,在她正值盛年之时。她从十七岁开始用笔抒发胸臆伸张正义,在那民族危亡的时候,"如果没有祖国,如果没有自由,生命将有什么价值?"六十余年过去了,母亲究竟翻译和写下了多少万字已难以统计。多年前我目睹过在南京新华书店门前,她为读者签书的热烈场面。从早上十点到下午四点,她的白发,她对那些虔诚地捧书走到面前的军人、市民、大学生,以及恋人们和孩子们一一说声"谢谢"时的微笑,令我终生难忘。就在那一刻,我明白了他们这一代留给我们的最宝贵的是什么。现在,做女儿的这次西约克郡的远行,是否会给她添一点欣慰?

寻访四年后,在母亲的病榻前,我们母女合作完成了

《呼啸山庄》改写本,为了尚未涉世的少年们。我又一次重温西约克郡那萧瑟的旷野气氛,我笑着对母亲说:"我俩总也走不出呼啸山庄了。"

(始写于一九九八年春,二稿于二〇〇〇年秋,二〇一六年修订)

妈妈在南京新华书店门前签书

《呼啸山庄》少年读本诞生记

南京大学教授、我爸的研究生唐建清主编的一套名为《郁金香卷》外国文学少年读本,二〇〇一年一月由安徽少年儿童出版社出版。一晃十四年过去了。

二〇〇〇年六月十八日,主编在寄语上写道:"在当前我国中小学实行'减负'、推进素质教育的大趋势下,及时为广大少年儿童提供一套健康有益、生动有且的外国文学名著的故事读本,十分必要。"他在介绍国外这类简易读物已有良好的社会效益,而我国这方面尚缺的现状之后表示:"尽可能广泛地把外国文学中最优秀的作品改写给我国少年儿童。""不仅让小读者能读到一个个优美的故事,而且通过'导读',能对外国文学在不同时代的发展有所了解,对某个作家某部作品的文学成就及文学地位有所了解。"

主编最后保证:"我们的改写本既忠实于原著,在有限的篇幅内保持原著的精华与神韵,又力求故事生动、语言活泼,并在尊重原著的同时有所取舍,适当回避一些'少儿不宜'的描写和文字。"

寄语完成月余,我到了南京,我妈作为这套少年读本的作者之一不幸在装修房子中病倒住了院。八月二日这天我又去医院陪床,唐建清和妈的小友邓小文已先到一会。我当天的日记这样记载:

> 小唐中午来送爸爸的书一百本,他说杨先生得抓紧把要写的写出来,赵先生去世后眼见她衰老。没想到他俩(师生)这么像,也有紧迫感。关于《呼啸山庄》改写本,他希望我协助妈完成。因为只有她最合适,只要把缩写本一改就行。这套书我本来就想参与,可惜心有余而力不足,这是指时间。
>
> 晚翻看《勃朗特姐妹研究》至一点。我的文字似乎可以更深一层。

唐所指的缩写本一九八三年湖南人民出版社出版,由英国 E. 艾特伍德缩写。

我这才了解这套外国名著少年读本都已签了合同,《呼啸山庄》名列第十本。出版社要求二〇〇一年初上市,参加全国一年一度的订书会。只剩半年时间了,这还了得!

二〇〇〇年是我退休的第一年,我退休并不等于休息,我的第一本开写了三年的书稿正在节骨眼上,它对我意义非常。加上刚买下的单位房在装修,我还面临搬家的诸多困扰。唐说得简单,写一本书谈何容易。所以尽管他信任我,也不敢马上应允下来。

面对师母的健康状况,主编唐即使心里着急也并不敢太催促。

直到两周后他又来访了,情况大有转折。

我特意写下:"今天最重要事是小唐的来访。"

也是从这天起我开始注意读有关书籍,以便让自己进入况态。还是用我当年断断续续的日记来叙述这本少年读本的诞生记吧!

二〇〇〇年八月十四日,星期一,闷热,雨

带来三本书到病房看,一本是《勃朗特姐妹研究》,一本是《司汤达传》,再一本是《意大利遗事》。第一本我在十六舍翻过,惊讶杨静远女士的治学精神,收集了如此丰富的史料,其中夏洛特的最多,因为她寿长点,她的《简爱》

《呼啸山庄》少年读本

首先获得承认。两个妹妹相继去世后,夏洛特担起了为她们的小说写序的责任,她甚至还为贝尔的化名撰文解释。她的回忆让后人了解了她们姐妹的生活状态的真相。当她发现艾米莉的诗才时,她是如此受到感染,小妹妹安妮进而也羞怯地将自己写的诗拿出来,于是才有了萌生联手出诗集的念头,当然是自费的。

我更细致了解到艾米莉的性格形成,她的内向忧郁激越的感情特征。她对镇上的人的细细体会,她能对流传的故事加以想象。她一生中从未恋爱过,却能写出像凯瑟琳和希刺克厉夫那样刻骨铭心的爱情。她是天才!我才知道夏洛特除了写小说还写了不少短文、信件,谈出版、介入辩论。十九世纪的乡村女子已很活跃,她多次拒绝求婚,最后嫁给了父亲的副牧师。去世这天晚上她给丈夫念了她的新小说,刚念几页就咽气了。

但是进入二十世纪人们开始褒《呼啸山庄》,而贬《简爱》。因而又有人抱不平。应该说勃朗特姐妹是英国文学史上一个奇怪的文学现象,她们各有所长。因为妈妈的译著也使我有了勃朗特情结,深入研究下去,有时觉得自己身上有那一百年前姐妹的因素。

二〇〇〇年八月十五日,星期二,多云

与小唐的一席谈促成了我们母女共同改写《呼啸山庄》的计划。唯一顾虑事妈别累着。要是我不在南京,这事八成要吹,四月的约稿,妈在装修初期完成了五千字,而后种种干扰搁浅了。

对于我将意味推迟回京,推迟收拾买的新房,更大损失是自己的书稿再次延误。但是做成另一件事,而且和妈妈一起是一件挺吸引人挺愉快的事,就这样,在干三病区病房里我们商量了怎么干。

像去上班一样,拎着一包资料,我一早去医院,因为从今天起,我要用半个月时间(其实不到)赶出一本书——改写妈妈的译著。这只红色纸夹是昨晚颇费劲才找到,现在书、人俱全,只欠时间和力气了。

我们先按妈妈口述我记录方式,她边说边删掉繁复的句子,渐渐发现她不习惯念,我也被动,有几次我主动编句子,连接情节,因为对我说来太不难了,像说话一样,用朴素的叙述语言娓娓道来一个发生在十七十八世纪的英国北部偏僻荒野的辛酸故事。妈妈叫我先完成第三部分"复仇之果"。三百字的稿纸,我写了十二页。最后一段我是拿回家写的。

二〇〇〇年八月十七日,星期四,晴

我惦记去复印书,花了近二十元,等了一小时。现在有了复印件,妈妈好删改了。

但是今天效率很低,干扰太大。上午分完章节已到开饭。

二〇〇〇年八月十八日,星期五,阴

好容易安静下来,我与妈妈补点吃的开始工作,我催妈妈再改一章,妈头晕睡了,我补日记,心想自己是否过于工作狂?

稍歇后(护士老来催量温度,没睡好),立即投入写稿,有妈妈删改基础,我很好整,几乎笔尖不停在稿纸上划拉,顺手修得更精练些。今天又进展十一页,算算有了近万字。但是更大量在后面,妈不能老干,我不好催,她和爸不一样不能专心做一件事。我真想自己来删改,但她说有她先做,安全。

二〇〇〇年八月十九日,星期六,雨天

今天统计,改写已完成二万字了。

二〇〇〇年八月二十日,星期日,晴

难得的雨后天晴,从干三病区的窗外往外望去,一片清朗。

病房里一天很清静,我和妈妈流水作业式的配合,又有新的进展。

二〇〇〇年八月二十一日,星期一,晴

晚上又统计一遍,已写出三万九千字,至此,缩写本的第一部、第三部以及楔子、尾声均已完成了"改写"。说改写不准确,说再次缩写还合适些。今天一天在病房整理出六千九百字,妈说太多了。要不是因为干扰,我会写得更多。

二〇〇〇年八月二十二日,星期二

我本希望妈能在今天填好章节标题,看来没希望了。一天都有看望者。

二〇〇〇年八月二十三日,晴

今天总算让妈妈列好了各章标题,但我不大满意,又改一稿。但愿她明天开始删改第二部,我其实完全可以用三天时间全部完成。

二〇〇〇年八月二十四日,晴

和小唐约好九点交稿,还剩一个来小时。

小唐准时来,我交出第一部九个章节。他说这次是夫妻合作,母女合作,我说还有师生合作。

二〇〇〇年八月二十六日,星期六,晴向雨

妈已交给我二部全部章节,弄完二章,感到有点吃力似的了,也许是她删得太少,我担心超字数。

二〇〇〇年八月二十七日,星期日,晴

二点半赶回医院,妈刚睡完午觉。我因缺觉头晕沉沉,勉强写了一部分十二章。

二〇〇〇年八月二十八日,星期一,晴

一天病房清静,总算完成十二章(二部)。越后来越感困难,也许太疲劳,也许这部分对话太多,不好改写。假如是我一个人改,我会放开重写,现在要受缩写本约束,等于二度创作。但我都能对付。五年来的电视编辑实践,二十二年的文学创作,我学会了运用各种文体,到头发现最朴素的叙述方式是最高境界。向前辈学习,又不迷信前人,虚心自信是我的信条。

二〇〇〇年八月二十九日,星期二,晴

当晚写完十四章。开始订票。

二〇〇〇年八月三十日,星期三,晴转阴,傍晚大雨

什么也顾不上了,埋头继续抄写下去。早上九点半小唐取走第二批书稿,约二万余字。他带来第一部九章打字稿,我们约明天争取完成最后文章。为进度今早起写出三个章节,多速度!

晚上又开夜车,完成第十七章,明天只剩第十八章,有望交稿。

二〇〇〇年八月三十一日,星期四,阴转晴

中午十二点五十分,我们终于完成六万字的《呼啸山庄》改写本!大摞的稿纸证明了我的成绩和多么辛苦。

由于昨天的加速,今天早上只需写出最后一章就万事大吉,准时的小唐满意地来取走,答应周日送打字稿。

二〇〇〇年九月一日,星期五,晴
妈出院。

二〇〇〇年九月三日,星期日,闷热
上午校毕稿子。
校对二批"呼"改写稿。

二〇〇〇年九月四日,星期一,晴
继续校对稿子,本想午前弄完。

饭后继续校稿,直至全部完成。小唐改为下午四点来取,电话中他说我的文字使他想起赵先生的作风,也是很细,一个标点也不放过。他还感到我注重文章朗读的效果,这也像父亲。

感谢妈妈,让我最后执笔了本书的故事简介:

"弃儿希刺克厉夫被呼啸山庄主人收养,从小与山庄主人侄女凯瑟琳小姐性情投合从而产生爱情,但因地位悬殊,不能结合。当凯瑟琳出于虚荣,想嫁给画眉山庄的林敦少爷时,他便悄然出走,不知去向。三年后,希刺克厉夫返回呼啸山庄,这时凯瑟琳已经结婚,但他们两人旧情难忘。凯瑟琳因早产而死,希刺克厉夫对凯瑟琳怀念不已,不久也郁郁而终。"

至此,一部震惊世界文坛并经久不衰的传世之作,一部二十九岁离世的英国女孩艾米莉·勃朗特的唯一小说《呼啸山庄》,在百余年后由中译本的译者、也是本书名的创意者杨苡和她的小女儿写成了一本少年读物,以飨广大求知欲旺盛的孩子们。

(二〇一五年三月三十一日北京第一场,春雨之后二〇一六年修订)

母亲旧诗归还记

事因起于二〇一三年,一次电话里妈说,你能不能和李斧一起,去邵燕祥家取回我的诗。我说没问题,但是你自己要先写封信或者打个电话打一下招呼,我们才好去拿。

此事又说了多次,不是我忙,就是李斧在美国,一拖几年。

今年妈又提及。终于一天在妈和谢文秀老师电话里,妈说了这件事。没想到的是,很快谢老师回话说,邵老师认为当年是妈亲自交给他保管,现在也该亲自来送回当面移交给她。

于是不久一天,谢来电话说他们已买好车票,要在八月二号专程来南京。

二〇一三年八月二日早上七点半,我接到谢老师电话,他们已到小区门口,对面是传媒大学。我赶紧说我去接你们。就问妈是哪一个门,还没问清,谢邵已经站到小院铁门外了(妈还在厕所,我刚喝了一半奶)。

我去开铁门迎进贵客,邵说你也白头发了。只见他俩,邵拖一拉杆小箱,箱色乌秃秃的。谢背着两只不算小的提包,我要帮拿那个外面显得重一点的,她不让。我说不是七点半动身吗,谢说是七点半到八点之间到。我说妈为你们要来打了好多电话,她有压力,过意不去,叫我来帮忙,否则她招架不住。谢说你专门为这事来的?真不好意思。

这时妈已从厕所走出,能与老朋友见面,忽然发现老太太今天的精神比前几天好得多。主客都大笑着说话,邵坐到高背椅上,谢老师坐到靠门的沙发上。让妈坐她的藤椅,她不愿,要坐到书桌前也是高背椅上。谢老师不让开空调,说空调不好,妈说我这是二十八度,谢也不让开。我就递给邵老师一把扇子,又打开电风扇,问行吗,他们说行。

谢老师叫我别站着,也坐下。

邵老师戴上了助听器。妈掏出书桌上准备好的礼物,先是邵的信,递给了邵。妈说昨天找到的,小妹看了几遍说太珍贵了。我说在你的书堆里,我太惊讶了,邵老师写了这么多书!妈说这封信夹在最后一本里。邵老师接过来看了是他写于八九年的信,有种想起来的表情。

我说还有你给我爸的信,是对他的诗的评论,非常好。妈说你那时称他赵公,现在送我书称我是老太,太好了。邵笑了。

接着妈将包好的一个手指大小的礼物递给谢老师,你们是金婚了吧,谢老师说五十四年了,一九五七年。我问家里一起纪念了吧,谢老师说孩子们给过的,一起吃的饭。谢老师问是娃娃吧,我说娃娃礼物在后面,你先看这个。谢老师打开小包是一只白瓷铃铛,妈说画有玫瑰花,叫她看铃铛上印有五十年字样。我又掏出俄罗斯娃娃,谢老师说娃娃就不要了,我说给你的女儿吧。我站起给邵老师另一包材料,一是舅舅自传未出版的章节,被删掉部分,译者薛鸿时也很想有一天能恢复出版。邵老师说那好。一张画是傅靖生画的哥俩好,邵老师没听清,谢老师再重复一遍是傅靖生画的。我说画的是连战和胡锦涛,邵老师又说好。第三件是我刚发表的文章,写舅舅骨灰撒在小金丝胡同,种纪念树的那些事。邵老师说不用我的纸口袋,他备有文件袋。

之前谢拿出带来的两包蘑菇,我说蘑菇好,交给妈的生活助理小陈,放到厨房去。

交换礼物完成后。邵老师这时才拿出一塑料包,笑说:"咱们先说正题吧。"他先递上清单,两页纸,妈一份,给我一份。谢老师说这是她打的。清单上写着母亲旧诗所有的目录。

塑料包里第一包是一本黑色笔记本,邵老师念上面年号,一九三八年。我说妈是十九岁。邵老师对妈说里面有两张小纸条。他说数了一下,八十首,加上零散的,有一百多首。妈很惊讶。我说真够编一本诗集。

第二包是一本印花的笔记本。

第三包是M的信。邵说这些信很重要。

第四包是M的长诗《父与女》。是巫宁坤推荐的。邵老师说现在看也没什么,可以发表。

妈说起她当时怎么把这些信东藏西躲,藏过江瑞熙那,还藏过包忠文家。我忙解释说爸烧照片是出于恐惧。一九九八年秋天,我在南京,爸妈老为这件事闹别扭,我对爸说,你就写一篇忏悔文章,写自己烧妈的相片本上家族照片如何不应该,免得她老怨恨你。爸说会写的,可他没来得及写就走了。

妈还说起那年杨炽结婚"大家在吃饭,江瑞熙来了,找我哥,说 M 猝死,请我哥帮助出版他的东西。我姐也认为应该帮忙"。

说这些话时,邵老师已移交清点完毕,笑着请妈签字,又让我签字,我写了:赵蘅见证。

我告诉他舅舅的诗稿是否捐献给上海图书馆的事,问是说您让邹霆把诗搞转我保管吧?他点头。他问除了诗还有别的?我说有啊,还有文稿,有《我的文革十年》《我的学英文经历》《悼念梁实秋》等。可邹霆突然走了,现在他儿子是继承人,他说留在他那没意义要移交给我,他的母亲老了身体不好,需要的是经济补贴。妈说他要五万。

杨苡和邵燕祥摄于上个世纪八九十年代的北京

母亲旧诗归还记

邵老师随即表态，态度坚决，千万别捐，到时会像对巴老那样，论斤吆。留在自己家最好。实在留不住到拍卖行拍卖，让他们到拍卖行去花钱买。

聊完正题，我说邵老师的身体比我想象得要好得多。谢老师给他重述一遍。

妈说几年前要写七老八十的人。邵问妈，你周围没有八十以上朋友了吧？都是小友。他自己笑了。

谈到邵老师的心脏手术，谢老师说她都没去，孩子们没让去，说到时是顾爸还是顾妈。我说看过邵老师文章，登在北青报的作家专栏。妈也说看了才知很严重。

我指指靠墙的书柜里一张北京文化人聚会的照片说，看那时你们多年轻。大家站起看照片，邵老师说当时罗孚病了。我问照片里几个年轻人是谁，邵老师说其中一个是罗孚的女婿。

妈又带他们看沙发旁挂的镜框，丁聪为舅舅生日画的画和大家的签名。还有鄂力，邵说。我说我妈说这人很讨厌。我说他也是偶尔出现，在八宝山看过他。妈叫两位老师看画上自己的签名。妈说原来是卷轴，后来改成这样，又讲起在小金丝胡同发现它之后的事。

谢老师说他们坐到九点走。我说一起吃饺子吧，他们说不用，原来他们是中午的回城车。谢老师说我们坐地铁，然后在地下活动，吃麦当劳，上车，很快到家了。

妈执意要我送他们到地铁，谢老师非不让，一再说没问题。邵老师对我笑说："我们二人要单独走走南京西路，不要第三者。"我马上反映说，明白，我不当电灯泡。

送他们走出院门，妈妈非要站在铁门旁看我们走。三人往外走,我老回头不放心妈一人在家。我小声对谢老师说,你们要再来啊,不然我妈会认为这是最后一面。走出十米,邵问赵蘅你多大了,我说六十八了,他们说不像。

走到又一片绿树丛,我止步了,目送他们俩相依的背影向东门隐去。回头看,妈还站在原位。

(二〇一三年八月二日当日追记,二〇一六年十二月修订)

剧迷在我家

我家爱看戏的传统来自妈妈。妈妈爱看戏又源自她的幼年、青少年时代在天津的生活经历。

她的祖辈是有"条件"常看戏的,听说她那早已在一九一九年去世的父亲(我的外公)还跟梅兰芳等人认识。难怪他们兄妹仨都对京戏这些事历历如数家珍。二十世纪二十年代,有几个新式学堂都开始已有师生排演新戏了,教会学校更是喜欢演外国戏。妈妈在九岁时便被选上演一年一度的圣诞节节目,她曾演过哑剧,讲玛利亚诞生耶稣在小伯利恒镇上一家小旅馆马槽里的故事(妈妈可以一动也不动地低头盯着马槽里的婴儿,虽然里面根本没有,只有稻草里置放的灯表示耶稣是神)。到了高二,她们班在一次全校聚会上,上演过李健吾写的独幕剧《母亲的梦》中的英子,用现在的说法算是"女一号"。之后她还和同学们策划了毕业剧,上演了易卜生的《玩偶之家》,以抵制每年必须演英文名剧的风气,她十分热心,作为副导演帮外国教师导演的忙。

一九三四年我舅舅去英伦牛津读书，我姨妈也保送进了北平燕京大学。他们的小妹（我的妈妈）那些年也有机会看过不少京戏和电影，她熟悉好莱坞的电影明星，订了几种英文电影杂志，还热衷于收集明星照片，那时的"粉丝"（fans）作法和现在很不一样，她居然偷偷写信给当年某届的奥斯卡影后（国际著名明星瑙玛希拉），鼓励加恭维，赞美她从来不演侮辱华人的影片或那种低俗的东西，甚至希望她出演《罗蜜欧与朱丽叶》，这封十分幼稚天真的英文信寄去后不久，便收到瑙玛希拉一张亲笔签名的六寸黑白照片。这件事居然我的外婆没申斥她，也许是因为女儿写了英文信给外国电影明星，似乎也不丢人，甚至她也是影迷。

中国旅行剧团从一九三五年至一九三七两次到天津日夜演出，妈妈一个人到剧场去看了《梅萝香》，于是又迷上了。她和外婆那两年看了不少戏，从《少奶奶的扇子》、《巧克力军人》、《油漆未干》，到《雷雨》、《茶花女》、《复活》种种名著，她还偷偷给天津一家大报副刊投稿，写了一篇《评中旅〈雷雨〉》的演出，当然用的是笔名。不久她约了同学一起到中旅临时寄住的"惠中大旅社"去看那些演员，大伙围住这几个小女生好奇地看，没想到那篇这篇大作的作者竟是一个害羞的十七岁的小女孩。

之后"中旅"到上海演出去了，妈妈同其中几位早已成了好朋友。让我很小就熟悉这些包括白杨、赵丹、唐若青等这些耳熟能详的名字。在战时的昆明，有些人已先后进入抗战团体，妈妈看过剧组拍电影，排演话剧。有陈白尘的《群魔乱舞》（章曼萍主演），阳翰笙的《塞上风云》等。剧组的生活很苦，她都亲眼目睹。妈和主演过《一江春水向东流》《八千里路云和月》等名片的陶金、章曼萍夫妇保持了相当长的友情,直到二十世纪末。一九九七年妈写了一篇祭白杨《打回老家去》,回忆一九三九年在昆明,白杨在她递上的纪念册上信笔写下:"打回老家去。"

> 白杨喜欢我穿的云南蜡染花土布旗袍,也喜欢我穿的当地人手制的带袢的黑布鞋,我陪她和曼萍上街买土布,订做布鞋。她们在街上好奇地东看西望,从来不咋咋呼呼地装腔作势故意引人注意。
> 白杨在排练时精神专注地念她的台词,这种敬业精神和大伙在吃不饱睡不好的艰苦条件下的"苦中作乐"至今还给我深刻的印象。

我的妈妈从来不吝惜用稿费邀请朋友一同去看大量的好戏和电影。妈妈的爱好并没因后来做了三个孩子的母亲,有了家庭负担而丝毫改变,反倒成功地将她的兴趣指向遗传给了她的儿女们。我姐姐学了音乐,我弟弟进了南京艺术学院的戏剧系舞台美术专业。我虽没将戏剧舞台成为专业,却始终是个戏迷剧迷,至今说起这些仍津津乐道呢。

还没有哪一个家庭的家长喜欢带孩子去看戏,不惜破费买昂贵的戏票,让我十五岁在离开家之前,就有幸欣赏过无论在当时还是在今天都属一流的戏剧。像梅兰芳的《贵妃醉酒》《宇宙锋》《洛神》,昆曲《十五贯》,越剧《柳毅传书》《梁山伯与祝英台》《文天祥》《凤凰巢》《家》(越剧版),黄梅戏《刘海砍樵》,歌剧《刘胡兰》《草原上的人们》,话剧《曙光照耀莫斯科》,锡剧《双推磨》,以及粤剧《关汉卿》

等。那些一家人坐着三轮车鱼贯而出的情景,现在想起来都觉得壮观好玩!

五十年代南京最好的电影院有胜利、大华,后来盖了曙光立体电影院,就在鼓楼广场边上,便成了我和家人经常光顾的地方。我们小时候看电影就像家常便饭一样,她说一有好电影就给我们看,也就等于上一堂课。每当新的电影大海报在电影院门口挂起,妈都会留意,带我们去看,我们长大一了,也允许我们自己买票去看。

数不清的国产片、苏联、意大利的译制片《一年级小学生玛露霞》《幸福生活》《乡村女教师》《牛虻》《罗马十一点》《偷自行车的人》《叶甫盖尼·奥涅金》等,特别是反映卫国战争的许多影片,一部又一部陶冶着我们幼小的心灵。久而久之,为我树立了人类的楷模榜样,爱憎分明,明白什么是战争与和平,什么是高尚美好,什么是黑暗丑恶。

我家也和所有中国大陆的家庭一样,经历了漫长的除了几部样板戏之外几乎没有任何电影戏剧看的岁月,这对我们这些戏迷电影迷来说是非常痛苦压抑的。我们从小就喜爱的光芒四射的演员一位一位的被打倒被迫害,赵丹被投入监狱,上官云珠不堪批斗跳了楼自杀;严凤英被迫害而死,越剧皇后竺水招在受到凌辱后用小刀捅了自己的肝脏;陶金被七斗八斗,他的儿子最后只得选择"逃港"。妈这样写白杨的遭遇:

> "文革"一开始,白杨便受了数不尽的侮辱,抄家、批斗、殴打,后来索性被投进监狱,有次还被造反派从监狱里又拖出来回到电影厂,在烈日下站在高台上示

众好几个小时！上影厂著名老导演徐昌霖那天也同时从监狱里被拖回厂批斗。

好在这一幕幕悲剧总算过去了，我们国家迎来了改革开放的春天。

自从爸爸在八十年代从香港给妈带回第一台电视机，妈便成了最忠实的电视观众。这些年妈妈家，我家，电视机更新了好几台，迷恋这小小屏幕的热度并没因为现在我们都老了而丝毫减弱。我和妈常常不约而同看同一剧目，有时真绝了，她打来电话催我快看的，恰恰是我正想告诉她快看的同一剧目。我们都得意地承认这是心心相印的佳话！

这些年，我和妈共同看过的电视剧不计其数。像《山楂树之恋》、《李春天的春天》、《乡村爱情》、《中国式关系》、《小别离》、《遥远的婚约》……真是洋的、土的，应有尽有，开明的妈妈都能吸纳。近期她和小陈又迷上了《麻雀》、《咱们相爱吧》、《咱们结婚吧》。

每周六晚六频道播映"佳片有约"，专门播经典的外国文艺片。母女俩距离在一千多公里的一南一北，同时看的影片有《战争与和平》、《安娜·卡列尼娜》、《林肯》。近日一起看了朱莉叶·罗伯茨主演的《诺丁山》。有时晚上太晚看不完，第二天我们会互相提醒看重播。然后在第二天或第三天打电话交换感想。

自从我儿子傅鹚担任艺术总监的《西游记——三打白骨精》在电视上播放，身为外婆的她，尽管平时并不喜欢看古装和魔幻片，连热播的《甄嬛传》、《芈月传》都没兴趣。然而这回为她宝贝外孙破了例，妈说她看了三遍呢。

近日妈又对我发表感想:"他们应该请你去当'佳片有约'的嘉宾,那些嘉宾尽说些专业术语,听不懂,应该让你这样有阅历的人说说真实感想才好。"妈这样抬举我,让我吃惊不小。不过她叫我去找找水均益是有缘故的,多年来她一直觉得这位她喜欢的央视著名主持人就是她认识的水家老先生的后代,她说最近已证实了她的判断。

看,这就是我家老太太,她不仅自己是个戏迷、剧迷,还影响了她的后代,让我幸福无尽,受用不尽!

(完稿于二〇一六年十一月十四日雾霾后的刮风晴日,十二月三日校订)

在病房里

我妈有福。她生有三个孩子,又有超凡才能将自己一生的经历变成文学财富。

总记得她和爸爸怎样照料我们几个姐弟的情景,一会儿这个生病,一会儿那个闯祸。一九五五年,妈因误诊,造成胸口感染。她去诊所打针,我陪在一旁,眼看那尖尖的针戳进她白白胸脯里,让她痛苦地抽搐一下,我感到真是太残忍了。长大些我远走高飞,从来没机会在母亲生病时为她做些什么。自从父亲过世,妈的病灾也多起来了,几次回南京一下火车就直奔医院。

可我妈和别人不同,她喜欢住医院,喜欢暖气,喜欢白衣天使。她觉得观察人最有意思,还爱发表议论。她每次住院都会结交许多新朋友,译作《呼啸山庄》几乎让大夫们人手一册。

她甚至把病房当成了会客厅和书房。

护士端药盘进来了,妈妈正在写东西。

护士问:"怎么又用功啦?"

妈来不及收起稿纸,不好意思地解释说:"随便写写。"我知道她的这篇文章是写她和我爸,过几天就是他们的六十年钻石婚纪念日了,她的篇名是"命中无钻石"。

妈妈在病榻上写文章(速写)

二〇〇〇年八月十三日早上,我和姐姐捧花进病房,妈见状脱口而出:"我知道,今天是我的钻石婚!"说完就把自己的头埋进了被角里,惹得我心里好一阵酸楚。

和我妈住在同一病区的关院长,是这家医院的前院长。他九十高龄患了严重的帕金森病,但这并不影响他喜欢兴致勃勃地和人交谈。一天他来看我妈,我在一边给他画了一张像。送他出门到走廊,他的话匣子还在继续。我才了解他经历过留洋苦读和战争的种种艰难。他是中国医学界可敬的前辈,像他这样的满口一会儿英语,一会儿德文,又一会儿西班牙语的专家,现在真是凤毛麟角。可是,一个年轻护士走过来,那种瞧他的眼神,八成是把他当成了一个歪头跛足又爱"放洋屁"的老头了。

罗根泽的长女罗情从东北回来了。我们许多年没见,抗战时期两家人在重庆曾是左邻右舍,罗情年长我好几岁,那时已念大学。在妈妈的病房里,她讲起我们童年的件件往事津津乐道的,而我却一头雾水。罗爸爸是南京大学古典文学教授,因忧郁症轻生于五十年代。母亲说假如他活

在病房里

到"文革",就凭他的懦弱性格,早就被吓死了。

妈妈一住院,家的中心立刻转移到医院。弟妹利华本来就在这家医院里工作,来招呼她很方便。我们姐妹全天都守在病房里,甚至觉得医院的饭更好吃。午饭后,妈叫我们和她挤挤睡,我让姐姐睡,我画画。

夜猫子小弟老好犯困,轮到他陪床,他照样睡过去,而病人双目却炯炯有神。

陪妈输液是听她讲老故事的最好时候。太阳快下山了,瓶里的药水快滴完了,可她的故事还没完。

妈第一次从医院回家,在她温暖的睡房里继续休养。被褥上的花朵簇拥着她,窗外寒流阵阵,一点没影响她和远方的朋友在电话里亲切交谈。

记得返京前,留下一张画妈住了一整月的病房速写作纪念。二十一世纪第一个大年三十,一家人也是在这里过的。同房病友被家人接回家去了,我们霸占两张床摆除夕宴,照样的敬酒祝词,妈祝我新的一年剪掉一头"愁丝",开始新的生活。

(写于二〇〇五年,二〇一六年十二月校订)

我们相信爱情

根据艾米同名小说《山楂树之恋》改编的同名电视剧在江苏台热播那阵,一连几天,我和老妈打长途谈感想。她非常欣赏李光洁和王珞丹饰演的孙建新和静秋,觉得演得真。有一晚,当三集连播后,她打来电话问我哭了吗,她说小陈(她称之为家庭助理)哭得稀里哗啦,她也挺难受的。

妈虽没看过同名电影,但在沸沸扬扬的争议里,她总站在电视剧这边:"什么最干净的爱情,难道男女发生了那种事就不干净啦?"老太太都这么开明,我当然双手赞成。

几乎每一集我们都能对号入座,却不知不觉地脱离了剧情,思绪飞到各自的十七八岁。最绝的是,一个十七八岁在上个世纪三十年代,一个十七八岁在上个世纪六十年代。两个时代女孩的样儿又完全不同,一个是旗袍,国文加西文,一个是打补丁引以为傲。但爱的种子不会因这些不同减少眷顾我们,更不会因我们当年都不谙世事与爱失之交臂。

一位九十三岁的老人，还能将自己少女时代的细微感觉描述得真切，外人听了会惊诧，在我已是家常便饭。妈妈八十几岁时写的一个梦长达八千字，过了这些年，她仍回味无穷：

"我最怕虫子，他说你头上有虫子。""一碰，什么都变了，路也变了，世界也变了……"

你有过那种触电的感觉吗？妈不止一次问我。

我当然有过。我和他在公共汽车上，隔那么远，我却怦然心动，仿佛他扶把的手搭在我肩上。

老太太接着回忆："大概到了十月才收到信，我还没住进联大。他说这封信可把我等够了，我日日等，夜夜等，我只希望有一天我们俩能一起听我们喜爱的音乐，我这一生就心满意足了。八舅（妈的堂哥）看了信严肃地对我说，六姐，这是 LOVE！"

我说孙建新和静秋差六岁，妈说他可比我大多了，我十九，他嘛……电话那头在认真地掐算。

是啊，大一点就可以那样唤对方"傻孩子"对吧？

我感到老太太会心地笑了。

而我甚至在静秋的身上看到自己的影子，扎着双辫，布衣布裤，既有快乐，也有忧伤。我亦然。

我特别记起那年的五月，美院附中宽敞的走廊被我们擦得尤其锃亮，深灰色的大理石地板映出正在蓬勃发育的倩影。拱形的门，隔开教室和宿舍，男生找女生时，总要站老远喊一嗓子。我红着脸出来，只为和他交换日记本，他是黄皮红脊，我是黄皮绿脊。

"五月的鲜花／开满了原野……"尽管肚饿，物品匮乏，每一晚伴着让我心热的字迹入眠,每一天都以喜悦的心情迎接新的太阳。

这以后发生的那场荒唐的苦难,其实是冰冻三尺非一日之寒。剧中男女主人公所遭遇的一切,我都非常熟悉:压抑得透不过气来的氛围,出身决定命运凶吉,战战兢兢生怕说错话,毫无尊重可言。今天随处可见情侣们"明目张胆"的亲密,在那个年月是不可想象的。其中最不堪忍受的便是生生地被拆散的滋味。

每一次和爱人短暂相拥后我都会因再次别离而流泪。然后,为不知猴年马月的下一次,望眼欲穿。

多少年后,有一天他为了反省特殊年代的祸国殃民,对我说,当时爱你是佩服你革命,要不然不会爱上你。

"不是这样的!"我叫起来,"那你不等于否定自己的爱情了吗?"

两代女人,一个初恋无果而终,一个初恋结了果却半途而废。这是我们母女俩的命。

电话谈心会有刹那间的沉默,那是久藏的痛分别弥漫在相隔数千里的南北两地。

然而,我们仍旧相信爱情!

(二〇一二年四月二日寒意未尽之夜,二〇一六年十二月三日校订)

包　裹

我的家人都爱寄包裹,开始是爸爸妈妈寄给我们姐弟仨,后来是两代人互相寄。近年邮局的包裹变成了快递,我们都成了"顺丰快递"的忠实顾客,异地的寄费比本市高得多,妈并不在乎,依然不改老习惯。

在包裹寄出寄中寄到的那几天里,妈妈总是处在异常兴奋的状态。"喂,小妹!收到我递给你的包裹了吗?怎么还不到?前天就寄了啊,里面有你喜欢的好东西,你看了就知道了。"

又过一天,电话又一次打来:"这回收到了吧?打开了吗?怎么样?你妈有本事吧!小陈装的,我指挥,东西太多了,好难装啊,她真有本事!"

至今我还留着她寄包裹的信件,她更喜欢随包裹附上字条夹在其中,我都不舍得丢掉。这些字条说它是信,又不像,因为满纸列的均是寄来的物件清单,常常多达一二十样,一一用带圈儿的数字标上次序。

……带去眼镜、照相机、两本书、手套和一点吃的。手套是大姐姐特给你买的,希望你自己戴,她说你容易丢手套,自己戴吧,丢了再换一双。

茶叶希望自己喝,没什么特别好的,反正是绿茶,叫小傅每天也喝绿茶,这对身体好!

钙尔奇 D(美国的,只有更好)与善存每天各一粒,早上善存,晚上钙。

送你一个小礼物(是邹小娟送我的)饿了或馋了,就在 Xmas Eve 点燃它,望梅止渴吧!

特地在华联给你买了黑长裤,很便宜,你遛狗穿。

……

还有那么多蜂蜜、花生酱、蜂乳、带画的小挂历,最惊人是她竟装进了一大铁盒味多美点心,多沉啊,难怪会超重很多。

我最能懂得,这些日用品和小玩意,件件妈妈都花了心思,一件件上面都有她手上温暖的体温!

除了用文字交代包裹之外,妈还要用电话再详细说一遍。不但她自己讲,还要听我收到那些物件后的感想。她喜欢听我的反应,享受我收到这包裹后的细致感想,我当然还要向她表达怎样感动怎样合用等,假如我按她的意思做到了,她在电话那边就很开心很满足。有一回我因实在太忙,收到包裹后就搁一边了,或是翻检不仔细,自然就不可能回述清了。这种情况立刻被她发现,她非常失望,大为不满,数落我这人就是一贯丢三落四,马大哈,吓得我赶紧赔不是。

有一年入冬前,妈惦记我冷,率领她称为家庭助理的小陈到不算远的超市给我买冬衣,全然不顾我一再告诉她,我衣服不仅是足够用了,而是太多了,根本穿不完。"文革"后期过来的人知道几个那个年月特定的词儿"处理品""出口转内销",妈的消费观还停留在八十年代,她喜欢说不贵,标准从二十顶多增加到现在一百元以下。只要不到一百元,她就喊便宜。

那次大采购,妈收获了一大堆她认为价廉物美的衣物,为远在北京的小女儿添置了两套棉毛衫裤,棉袄和棉背心,全是几十元不等,她得意极了!递到北京家中我着实被这包裹如此之大吓了一跳,差不多半人高,内三层外三层裹得结结实实,小陈用大针脚缝的口,拆开它费了劲。老太太如此送温暖让我内心滚烫。

我这个妈就是这样的妈,总喜欢让她的孩子舒舒服服,平平安安,这是她最大的心愿。从她年轻我们很小的时候开始,她什么都喜欢替孩子做,喜欢过问。如今她老了,我们也六七十岁,她还这样操心,拦都拦不住。老了就难免会有差错,张冠李戴免不了,在她的统筹调拨下,有次她把原本是要送给儿媳的围巾给了我,还有次她想为我弟弟找条毛毯午睡用,翻半天没有,事后才想起早就让我带回北京了。好玩的事在我们家不时发生,鸡零狗碎,乐此不疲,也许爱就在其中。

孩子在大人的包办中不会自立强壮,孩子太暖和了经不起风吹雨打。理儿是这么个理儿,哎,当妈的总是这样!

(二〇一五年四月二十四日,明显升温)

好玩的事

我家好玩的事很多,我妈动不动会说:"今天都是好玩的事!"特别是哪天一早天气转为阳光灿烂,她就会精神抖擞,对新的一天充满期待,这当然包括迎接各种好玩的事发生。

好玩的事在别人家也许什么都不是,可在我家什么事都能变得十分有趣。好玩的事有时很小,鸡毛蒜皮的,有时还会因而生点事儿,引出些摩擦。在我们家常会一波未平一波又起,但过后,都会风平浪静相安无事。

好玩的东西

好玩的事自然包括好玩的东西,妈妈从小到大好玩的东西实在太多了,如果没有因战争、偷盗、丢失、甚至自损的话,全都积攒起来,开一家像样的家庭博物馆绰绰有余!早几年听姨妈说,她和我妈小时在天津,一人一个小抽屉存放个人物品。每天放学回家,她们都会迫不及待去打开自己的抽屉玩一会。我妈心很细,很会把持这些私物,不像她粗枝大叶。一有哪位长辈又送什么了,我妈就会小心地放进抽屉,然后锁上,生怕别人去动。所以我妈的东西越攒越多。

我家的玩意除了妈小时留下来的,五十年代从德国带回的不少。因为我去过那里,几次去南京,她会塞给我一件诸如烟灰碟什么的,告诉我这是莱比锡买的,爸用过的,你留着纪念吧。

这十多年住在大西洋彼岸的小弟简直就是一个运输大队长,他不辞辛苦,每年给老妈带回大批价廉物美的玩意,占了妈妈的大半玻璃橱。比如小瓷人,满柜子的小瓷人,带狗的、捧花的、作舞蹈动作的,各式各样,都是十九世纪洋女人的装束。

不知从哪年起,大家都知道了妈喜欢猫头鹰,妈说它代表智慧。于是我和姐姐弟弟,还有来看她的小友们,常会送她来自世界各地的猫头鹰造型的工艺品或饰物,一个赛一个的漂亮有趣。都说老太太洋派,邹小娟每次来总会送老太太高档又美观的物件,王心丽的礼物也别具一格。前年添了李海燕送的三只一套灰色无光陶器的猫头鹰,个头大,自然装不进柜里,只能摆在柜顶,像它们一家子日夜守护这间卧房的主人。有一天邓小文给老太太带来一条有猫头鹰装饰的挂件,做工极精美。后来大姐上街也发现了一条她认为更胜一筹的,让她得意了好几天,还非要老妈承认她选得更好。

娃娃是我家最"泛滥"的玩具。妈的娃娃们一字排都摆在沙发靠背上,每次客人来,后脑勺定会和他们厮磨。于奎潮头次到我家,竟将一个男孩造型的布娃娃作为见面礼送给老太太。

你能想象吗,我家第一个用 MP3 听音乐的人是我妈。那是李斧从美国带给她的,妈妈酷爱音乐,李斧教她使用,从此她爱不释手。

有一年,妈从大外孙那里发现了一种音乐听盒,小小的,各种颜色的都有,装上电池就可以收听许多中国流行歌曲。凡是妈觉得好的东西,就会多买些来,于是一下子买了十个,她喜欢和家人朋友分享。

还有一种声控呼叫铃的新产品,是妈和她的生活助理小陈在逛超市时发现的。这是一对叫铃,各插在两个空间的插线板上。自从有了它,妈就安全多了,一有什么事,她需要人,即使在夜半,她一按身边这只铃的按钮,睡在另一屋的小陈就会立刻听见起来照料。这回妈又是多买几份,还叫我带回北京,命我一个自己留着,一个送给住在楼上的我儿子他爸,说是假如哪天夜里,我们俩有谁需要挂急诊,就可以叫醒对方。老太太如此认真,我也就接受了,可惜回京一忙早把此事忘在脑后,更谈不上派上急救之用了。

理财的乐趣

我妈很会理财,分类管理,有应急的钱,有眼下过日子的钱,她还喜欢攒新票子,凡是新的纸币她一律存着,这个癖好被我姐姐弟弟继承了。在她看来,清点钞票查查存折,都是一种玩法。她的退休金一直不高,近几年刚涨了点,她就很满足。她常会得意自己的富裕,出版社或报社若是哪天寄来了几百块稿费,她称作意外之财,都会变成这一天里又一件好玩的事。

近日赶上孙中山诞辰一百五十年,她带着小陈亲自去银行买了孙中山纪念币,十元一枚,她一口气买了八十枚,说要分给我们姐弟仨和小陈,也说是好玩。

好玩的事……举不胜举。

闲　白

我们家不仅对好玩的事乐此不疲,还会迅速传播,甚至很快就能飞到地球的西半球,其速度惊人。因为那边住着我弟弟、弟妹和他们的儿孙们。

舅舅生前有个习惯,每天下午四点左右,他会和他的大妹妹,我的姨妈通一次电话,他总是这样问:"敏如,今天有什么新闻啊,好玩的事?"诸如小猫丢了,小猫又怀了。有几次我在场,多半我不在他身旁。我在时,他也会毫不避讳直接告诉对方:"小采在我这。"假如我已离开,他还会照样说同样的话,诸如"小采今天带人来看我,带的是谁啊,我没记住,我不认识他们"云云。每当妈妈又传给我这些话,让我哭笑不得。

舅舅、姨妈和我妈他们仨,绝对有口才,我们这一代甚至再下一代,没人能比拟。我妈更喜欢回述每天到她那里的人来人往之事。谁来了,怎么打扮,带了什么东西,说了什么可笑的话,发生了什么有趣的事。妈好恶鲜明,语言俏皮甚至尖刻,我每每听了,都会开怀大笑。

姨妈几次提醒我:你别学我们杨家人好闲白。她是让我珍惜时间,别把时间浪费在这些"闲扯的小事"上。可依我看,正是这些小事,才使我们的生活如此丰富多彩,饶有趣味呢!

我的妈妈就是一个将人生视为人间喜剧的老顽童。

如此推理,当年抗战时期跑警报,妈妈也定会临危不惧吧?猫在郊外蚕豆地里数天上的膏药飞机有几架,岂不也是一种玩法!

美国大选落幕后,妈对我说,看他们两派竞选掐成这样,就是觉得好玩。

祝将世上的事物永远当作好玩的老妈,健健康康过百岁!

(完稿于二〇一六年十一月二十七日夜,修改于次日清晨,十二月校订)

妈妈和小女友们聚谈的表情(彩铅)

和我作长夜谈的人
——妈妈

我是个幸运的女儿。我的幸运不是我有多富裕的家庭,长辈能给我留下万金家产,按现在时髦的说,房子、车子、票子,让我过上饭来张口衣来伸手衣食无忧的生活。

我的幸运说出来不懂的人会难以理解,我的幸运是我有一个可以和自己谈心的妈妈!

一个人太透明了好不好,有两种看法,一是当然不好,让别人一眼看透你,看到皮肤不算,还能看到骨头上的肉,肉里面是血是筋,一目了然。另一种说是好,我属于此类,我喜欢心灵透亮的人,率真的人,喜怒哀乐嬉笑怒骂全写在脸上的人。当然,即使透明,也有高明不高明之分,也能得体、有水平、有文化。

家里面我是妈妈最好的倾听者,每年我和妈妈的长途极多,三天两头必须通话,每次都至少一小时。妈怕我话费太多,我说开心比花钱重要。母女俩什么都能谈,无论什么

二〇〇一年妈妈在北京我家中写作。精典篇章《梦李林》、《霞飞坊59号》等均写于此

事儿,一旦被妈说出来,便入木三分,好玩极了,所以常常电话两头会不时有咯咯笑声。妈的话题大到国际局势,奥巴马和普京,马航失联,天津港"8·12"爆炸,叙利亚,台湾选举,朝鲜半岛……小到每天发生的身边事,吃什么啦,谁来看她啦,甚至爱情。这个对别人家会是敏感的领域,妈一点不避讳,而且聊起来用词儿精妙。比如形容男女间有感觉叫"触电",恋爱对象不高级叫"败笔"。我离婚多年她劝我剪掉长发,称这是"一头烦恼丝"。还比如说我"一棵树上吊死",不知这是赞扬还是心疼我。她写过杂文《嫁得精彩》,她说姨妈做到了,舅母更做到了。

作为同行文友,电话里自然会聊写作的事。出于保护,妈起初反对我写作,日子长了,她看我已成气候也高兴,仍然对我要求很严。她嘱我要多看人家写的,看得多了,就自然会落笔生花。每逢我的文章发表,只要她看到了,都会打来电话点评。她爱给我打分,一次给我按百分制,她扣了两分,是因为怕我骄傲。她总爱说,文章写完,要摆一摆,有时要摆一周再改,一定要改到自己很满意再拿出来。近年看我常发表东西,她会这样敲打我:"不急于发表,一定要让自己满意了再拿出来。""要把读者看得高,不要把自己看得高。"谈到她自己写作的动力,她说:"我是为写作快乐,不是为发表快乐。"她喜欢用功的年轻人,不声不响写作的年轻人。每当小友寄来他们的新作,她都会非常高兴,并认真阅读。这些年受她鼓励的小友,不计其数。

妈妈打电话(速写)

和舅舅一样,妈从不觉得自己有什么了不起,几次在电话里给我念她新写的,还问我这样写还行吗,那样自谦真诚的语气真像个刚起步的文学青年,让我汗颜又感动!

妈也有对我不满意的地方,近年我在她侃侃而谈时好忍不住插话,其实我是好意,我只是给她帮腔,表示共鸣和补充她的话题,可在老人家那边,会让她不悦,因为她的兴致会因我的"干扰"而中断。

妈总归是权威,在妈面前我永远是孩子,尽管我们姐弟仨满头白发了,但是打断和插话,尤其在客人面前,总是犯忌,有点长幼无序之嫌。

倒是妈有时像个老小孩，有点任性，她管家惯了，凡事还愿意做主，可她忘了自己的年龄，帮她整理完东西她会推翻重理，让你有点委屈。妈儿时的兴趣居然一点不减，甚至民国初年的一些生活习惯，她还恪守，并不愿改变。她有一句口头禅，喜欢说自己像婆婆，婆婆就是外婆，一个生于十九世纪末年缠过小脚的旧式妇女。妈没有"家丑不能外扬"的框框，这点也像外婆，家里的鸡零狗碎磕磕碰碰，她都不避讳外人。遇上不顺眼的话不投机的她说话带刺儿，顺耳的认为是幽默，不顺耳的会觉得不中听。

妈至今保持早年天津美以美会教会学校的规矩礼数，这是多少"思想改造运动"也无法改掉的。譬如守时不能迟到，给访客用下午茶，送客要送出门外。来家里祭拜的要陪着一块鞠躬，若我们姐弟在，妈就不出面，由我们来陪。若是遇到别人家丧事，进门要先去遗像前鞠躬。还有像穿衣要分场合，听音乐会出去吃饭前都要洗脸描眉。妈对早饭从来重视，她说这对她是个享受，她好用托盘，一勺蜂乳，一只鸡蛋，有时卧的，有时煮的。一杯牛奶麦片和一杯浓浓的咖啡或可可，然后在面包片上仔细抹上黄油和果酱，切成小块摆一碟，用她白皙的手指捻起慢慢吃。早饭如此会拖很长时间，常会被早来拜访的客人打搅，以至于摆凉。

妈喜欢做家务，理东西，到老了都这样，这也是外婆的影响。在她的哥姐外出上学后，外婆手把手教了她。外婆认为，她的大女儿，我的姨妈是天生读书人，不必学做家务。而她的小女儿不用功，应该多学些女红家政。被妈称为翡翠年华的那些年，妈和外婆独处时光很多，逛街买衣料啊，照相馆照相啊，看美国电影啊，她还学画擦炭画，学跳踢踏舞,外婆都不反对。当年妈只觉得干什么都有趣好玩,到了昆明,当了年轻妈妈,那些持家本事全派上了用场,让她和爸爸度过了物质匮乏的抗战岁月。在她的操持下,我们姐弟仨离家前过得有滋有味。

从没听妈哭过穷,她总是说自己很富裕,一点稿费,一点收入她都会很开心,很满足。经过战争和运动,她哪能没有手头拮据和困难的时候呢,但妈不会犯愁,抗战胜利后随学校复员去南京前,她抱着年幼的我摆过地摊变卖旗袍换成盘缠,并不觉得丢人现眼。妈很会理财,她爱说"周转"一词,她就像一只老母鸡,为她的孩子排忧解难,让我们在她的翅膀保护下安全,舒服。不过这也有问题,假如孩子自己不要求独立自强,就很可能被妈的包办作风给宠了。

身为十七岁就发表诗作和剧评的老作家,新中国成立初期的五十年代,妈妈翻译了几本反法西斯题材并多次再版的苏联东欧文学:《俄罗斯性格》、《永远不落的太阳》、《伟大的时刻》,只可惜风云变幻后来都成为绝版。一九五七年她以我为小主人公写下了《北京-莫斯科》在《人民文学》上发表,预示着她的儿童文学创作盛期到来。可没料到,一九五九年小说《成问题的故事》和《电影院里》遭遇无端的批判,一九六〇年善意批评好打小报告不良习气的《二报大队长》又被说成污蔑"党的汇报制度"。即便这样,六十年代袁鹰先生特意到南大中文系打听我妈,还到家里看望表态。几乎同时期,上海一位编辑坚持将妈创作的《自己的事自己做》(何艳荣先生绘画)出版,后来这本图文并茂的书荣获了建国十周年优秀儿童文学奖。"文革"里造反派审问严文井和杨苡什么关系,他颇为智慧地回答:"她是我的读者,我是她的读者。"这些珍贵的信任和友情,给予我妈一生都难以忘怀的温暖!

妈妈最引以为豪的事之一,应该是她作为《呼啸山庄》译者和书名命名人。"呼啸"二字的灵感来自南京一次暴风雨夜,那年我十一岁。这本畅销不衰的世界名著中译本馈赠了几代中国读者。一九八八年英国威廉布莱克的《天真与经验之歌》历经坎坷终于出版,进入二十一世纪,这本享誉世界的图文并茂的名著两度再版。

对妈一生影响最大的是巴金,她从十七岁开始和巴金通信,通信长达半个多世纪。她说巴金是她的引路人,像一盏指路明灯伴她度过苦闷的青年和曲折艰难的中年。我曾撰稿引用多次的几段文字:"相信未来,未来是美丽的!""把精神寄托在工作上,让生命之花开在事业上面也是美丽的"便来自巴金给妈的信。一九八七年,在范用先生的张罗下,巴金给我妈的六十封信《雪泥集》第一次出版。在前记末

二○一五年春节妈妈和来访的朋友们欢聚

尾,妈写道:"我愿用它勉励所有的正在生活中勇敢地探索前进的年轻人!"二〇一四年,《青青者忆》出版,集中汇编了妈多年来以宽阔视角深情文字写下的巴金信的背景故事,这些故事都是妈亲历的,也是中国一代文化人的苦旅和跋涉。

好写信是我家的传统,连"文革"期间都没中断。妈爱写长信,七八页纸不在话下。和她通信的亲友数不过来,她的信应该遍布全世界了。假如她的哪位老朋友过世,她会很有心将故人的来信寄给其子女。他们这代人的信往往比文章还好看,因为写信给朋友可以口无遮拦,写文章却有顾忌,有时需要掩饰,这是无奈的,我妈也不例外。

妈文字好,落在笔端,便是句式很长、句号极少,非常优美的文字。曾被赞为"形散神聚"。除了才气,更多归功于她有每天读书看报的好习惯。妈大量阅读杂书,没有偏见,一天不落。哪天没看到报,晚上没读点书,她就会很烦。这是从小养成的,外婆也这样。关心国家大事乃是杨家的家风,"九·一八"事变曾震动了这个中西合璧的大家庭,最全身心投入爱国行为的当属杨家的长子杨宪益,当妹妹的自然受到影响。哥说国难当头,不再吃西餐看电影,除了巴金,她最崇拜她哥,哥哥的话就是神明,即使觉得约束,也一定恪守。直到现在,但凡世界发生什么事件,妈都会密切关注,那些天她便心系发生地。地震啊,海啸啊,她都想捐款,不但催我去捐,甚至有一次还代自己的生活助理陈小妹捐。在她看来做这些事都是分内的。

一九三八年,了解妈性格的舅舅从英国写信,请外婆让他的小妹离开沦陷的天津。这个家族排行第六的杨家小姐投奔了"独立之精神,自由之思想"的西南联大,从此改变了她的一生!

妈妈独特的经历吸引了很多年轻人,九十几岁的老太太依然记忆力惊人,简直是个故事大王。杨家人都有口才,妈也不例外。隔三差五小友们会到家里一坐几小时,慕名而来的采访者也想来听她聊旧事。像中学时给好莱坞明星写信啊,天津起士林咖啡店遇见赵四小姐啊,像昆明城门上挂灯笼跑警报啊,她的纪念册上白杨写了"打回老家去!",还有她第一次在昆明见到冰心的情景啊,沈从文要她怎样写作啊,"文革"时红卫兵打了她一记耳光,她认识的几个"女吊"本不该去死……让听者听得心里直打冷颤。她最爱讲她哥,小时牵着哥的大褂衣襟逛书店唱片店的过往情景,我百听不厌。所以小友们纷纷主动请缨要给老太太做口述历史,可采访一旦正经八百时,妈反倒不愿说了。她十分挑剔谈天对象,她总觉得现在年轻人不会懂她的旧忆。

近年不少文章写我妈的晚年生活状态,我觉得她之所以长寿的秘诀是放松、积极、知足的心态。各门类艺术她都喜欢,她的与生俱来的艺术细胞影响了子女,一定意义上我选择学画是替妈完成当画家的心愿。假如我哪天接到妈妈短点儿的电话,定是这样的内容:"快看! 六频道,佳片有约!""新年音乐会马上开始!"不能想象妈没有音乐的日子,她大概是大陆坚持看"好声音"中年纪最长的忠实观众。我在南京时,妈和我作长夜谈也照样早醒,那间挂满她的少女照片、天亮后将溢满阳光色彩缤纷的卧房里,又照例会低低回荡起上个世纪三四十年代的"靡靡之音":托塞里的小夜曲《像一个金色的梦》、《你是我的阳光》(You Are My Sunshine)……

一九六〇年妈亲自把我送去北京考中央美院附中,从此母女俩长年相隔南北。爸说每次我过完暑假回京,当夜妈都因不舍我流泪。那时我小不懂,长大了,自己也做了母亲,每逢我探家离开南京,妈不会像爸那样要送出院子外叮咛不止。她总是止步在屋门边,不言语,只向我摆摆手,明明难受还绽出笑容,那是怎样的太阳般灿烂的笑容啊,它令我不忍回头望,心尖直发疼,却不得不在她慈爱的目送下越走越远。

妈妈这代人比我们这代更爱国。她总喜欢一句话:"Wait and hope!"她不悲观,对国家前途抱有信心。今天她告诉我,她一听见"五星红旗迎风飘扬"还会热泪盈眶。

过了年,妈就要往九十八岁走去了。我知道此生她不能再来北京,她亲爱的哥哥,我的宪益舅舅七年前的离世对于妈是一场晴天霹雳的灾难,从此她没了进京的动力。可她的笔不会搁下。一天她在电话里说:"今年要一个月写两篇,我还是喜欢写随笔,昨天就写了《打牙祭和要面子》。"

"一周写一篇,妈你都做得到。"我嘟囔着,只是,她没听见我这后一句。

这次秋子约稿写我妈,妈很关心这事,本文题目还是我们一起商量的呢。妈说她也想写篇可圈可点的女儿,她早就许愿要为我写一篇《我的苹果女儿》,至今也没写出来。我还是喜欢这个题目,虽然妈的小女儿已年过古稀,褪尽苹果般的容颜,却仍在期待着!

(二〇一六年一月十五日夜初稿,十九日修改,春节修订,十二月三日校订)

后　记

又一本书即将付梓,让我又一次陷入"忐忑不安"。

我的每本书出得都很难,这回的不同在于要在短时间里,将十万字的规模整合一新,而这十万字又要写好我至亲的两位——爸爸和妈妈。感谢董宁文和南京师范大学出版社邀我加入我喜欢称之为"女儿书"的行列,让我有机会直抒胸臆忠谢他们的养育之恩。

本书分为两个篇章:父亲篇和母亲篇。我尽可能沿着他们的人生轨迹展开叙述,尽可能展现跨越新旧社会一代文人的爱国情怀和知识特质。自知水平有限,知识储备欠缺,要想诠释清楚两位外文系高才生在中西文化交融里游刃有余,对我是一次挑战。

第一次尝试将部分家书作为附录展示给读者,仅我童年和我爸三年的通信,就有十六封。在微信普及、书信几乎无人问津的当下,手书家书更为稀罕。或许它们能带来一些怀旧,一些美好,一点启迪。

书里不可避免地会触及到一些敏感,一些无奈。直面人生,对我自己从来可以做到面不改色。可对讲述他人事,哪怕是自己的亲人,就不仅仅是勇气那么简单了。

以前我认为写东西是自己的事,文责自负嘛,所以我写文章出书总是在发表出版之后才让家人知道,一来我想独立完成以证明自己的实力,二来是担心我向来的"自然主义"的写实风格会被反对,遭遇否定。为此妈妈很有意见。本书出版之前我有机会去南京与出版社洽谈,正好可以将书中几篇拙文里的史料细节请妈妈核实一下。没料想她一介入,校对变作大改,上千字的补充,甚至要删掉我自认为有价值的几篇,而且态度非常坚决。开印在即,本来压力就很大,在我焦虑之时,天不作美赶上南京降温,生活助理小陈重感冒,近百岁的老人埋头改稿之辛苦,让我于心不忍。直到三天后,电话里的声音恢复平日的精神,严厉的老师又回到慈爱的妈妈。她向我一一交代她的意见,改了什么,删了什么,并答应尽快叫顺丰快递给我。几天来的忐忑、担忧、委屈,都在妈妈如此严格和敬业的感化中化为乌有。我忽然悟到和妈妈这次"交锋",实际上是一件文学写作的美谈,一次极好的学习交流机会,一次文化传承。正像这套丛书"薪火相传"的宗旨一样,以写作为生命的两代女人,一个九十八,一个七十二,在这个春寒料峭的时日,一场超级接力棒赛,差点因我的狭隘给淹没了!

编入本书的旧作和新作各占一半,即便是旧作,也重新梳理、补充、删改、校订。和以往自选篇目一样,我总是不满意过去写的,这倒不是说我现在写得有多好,至少经过这么多年的磨炼,眼界高了些,眼光和笔下能和谐地多了些。我越来越反感写作的概念化,越来越信奉言之有物、细节为重、情愫高于技巧的朴素风格。

本书促进了拖之多年整理爸爸遗稿工作的启动,这是此次编书的又一大收获。

爸爸在世时,经常叮嘱我,写文章要读出来,这句话在我心里潜移默化,直到如今在键盘上敲字时,总像有一个声音在心里默念句子,引领着我,让我笔下生花。假如哪天我读不下去了,读着读着打了磕巴,那便是我的文思出了岔儿。

写作的过程也是重温爸妈作品的过程,过去看过的,这次复读,他们经历的一切充满神奇,仍有新鲜感。只可惜没能在爸爸生前多和他聊天,聊我和他共同热爱的文学、着迷的汉字和我并没学好的外语;聊于连、聊柏林墙;更想和他聊聊妈妈,他和妈邂逅的细节,又怎样"求同存异"相依为命的一生;更遗憾从没好好聊一聊我认为他该向妈忏悔的那些事。

正式动笔前,南京朋友们为我妈过九十七岁生日的聚会上,即兴成立了"杨苡粉丝团"微信群。从此,这些老太太身边的小友们(三十几岁至七十几岁不等)终于因爱拥有了一片园地:互勉着、激励着,风趣、轻松、好玩,和老太太的风格一致。

在此我借拙书出版之际,向多年关爱家母并给予她莫大快乐的南京朋友们冯亦同、张昌华、邓晓文、陈虹、钱静、王心丽、余斌、刘俊、邹小娟、于奎潮、董宁文、范泓、陈爱华、李海燕和从国外常来探望的李斧、周双宁等,表达我深深的谢意!

我还要再次感谢十年来一直在背后支撑我的张华丽、曹振亚夫妇。华丽是我的第一读者,我的每本新书里都有她逐字逐句校对的心血。他们时有高明建议,互碰出火花,眼见华丽的提高,甚是欣慰。

脱稿几天后,接到老妈电话,她说退休的单位,南京师范大学表示要给她过一百岁(虚岁)生日。她说:"我可不要去,我要是去就会忍不住说些不好听的话。"我明白她指的是什么。那场十年浩劫,是她这一生难以磨灭的经历,也是每个中国人的伤疤。妈遭过的那些罪,她会时不时脱口而出。说归说,其实妈像宪益舅舅一样,并无怨恨,甚至会将往事变成一种超有趣的幽默,包括她的前女婿当年贴大字报,贴者后来痛心疾首向她道歉,她反而会说:"干嘛啊,没有必要啊,都过去了。"

假如有一天,亲历者都能释怀,青青者都能记住,那才真正是一个国富民强的和谐社会!

"最憎恨黑暗的是最光明的作品,最可贵的是永远怀着一颗童心。"这是爸爸在他最后的日子里反复吁吁的心声。

爸爸妈妈做到了,我该继续努力。

(写于二〇一六年十二月五日子夜,七日修改,二〇一七年二月二十六日再修改)